UNE DAME PERDUE

DU MÊME AUTEUR

La Mort et l'Archevêque, Éditions Ramsay, 1986
Mon Ennemi mortel, Éditions Ramsay, 1986
Pionniers, Éditions Ramsay, 1987

WILLA CATHER

Une dame perdue

Traduit de l'américain par Marc Chénetier

ÉDITIONS RAMSAY
9, RUE DU CHERCHE-MIDI
75006 PARIS

Paru aux États-Unis sous le titre *A Lost Lady*
chez Alfred A. Knopf.

ISBN : 2-85956-707-0

...Approche, mon carrosse !
Bonne nuit, mesdames ;
bonne nuit aimables dames,
Bonne nuit, bonne nuit.

PREMIÈRE PARTIE

I

Il y a trente ou quarante ans de cela, dans l'une de ces petites villes grises qui jalonnent le chemin de fer de la Burlington, et dont la grisaille s'est tellement accentuée de nos jours, se trouvait une maison renommée d'Omaha jusqu'à Denver pour son hospitalité et le charme particulier de l'atmosphère qui y régnait. Du moins cette renommée atteignait-elle l'aristocratie des chemins de fer de l'époque, les hommes dont l'activité se confondait avec celle de la compagnie elle-même ou avec celle de l'une des « sociétés foncières » auxquelles elle avait donné naissance. En ce temps-là, dire de quelqu'un qu'il avait « des liens avec la Burlington » suffisait à le situer. Présidents, directeurs-généraux, vice-présidents, surintendants : tous leurs noms nous étaient connus ; leurs cadets ou leurs neveux étaient contrôleurs financiers, responsables du frêt, assistants dans les différents services. Tous ceux qui avaient « des liens » avec la

Ligne, jusqu'aux plus importants des transporteurs de bétail et de céréales, étaient pourvus de coupe-file annuels ; leurs familles et eux-mêmes fréquentaient assidûment le réseau. Il y avait alors deux couches sociales distinctes dans les Etats de la Prairie ; les fermiers et les artisans s'y trouvaient pour gagner leur vie, les banquiers et les riches propriétaires terriens y étaient venus de la côte atlantique pour investir leur argent et « contribuer au développement de notre Ouest magnifique » ainsi qu'ils ne cessaient de nous le rappeler.

Quand les hommes de la Burlington étaient en déplacement pour des affaires point trop urgentes, ils trouvaient agréable de descendre de l'express pour passer la nuit dans une demeure plaisante où, avec beaucoup de tact, ils se verraient donner le sentiment de leur propre importance : et nulle demeure n'était plus plaisante que celle du Capitaine Daniel Forrester, à Sweet Water. Le Capitaine Forrester était lui-même un homme du chemin de fer, un entrepreneur qui avait construit des centaines de kilomètres de voie pour la Burlington, faisant ainsi traverser à la ligne une contrée couverte de buissons de sauge et peuplée de bétail, la prolongeant jusqu'au cœur des Collines Noires.

La propriété Forrester, ainsi que chacun la nommait, n'avait rien de remarquable ; les gens qui y vivaient la faisaient paraître plus grande et plus belle qu'elle n'était en réalité. La maison s'élevait sur un petit tertre rond, près de deux kilomètres à l'est de la ville ; c'était une maison blanche, pourvue d'une aile unique et de toits à pente raide conçus pour qu'y glissât la neige. Elle était ceinte de vérandas, trop étroites pour satisfaire aux exigences modernes du confort et soutenues par les piliers tapageurs et fragiles que l'on prisait à une époque où le plus humble bout de bois se voyait, sous la torture d'un tour, transformé en quelque chose de hideux. Dépouillée de sa vigne-vierge et enlevée sa parure de buissons, la maison aurait sans doute été assez laide. Elle était nichée au cœur d'une belle peupleraie qui étendait çà et là l'auvent de ses bras et couvrait le flanc du côteau sur l'arrière. Ainsi perchée sur sa colline, se détachant sur le fond d'un bosquet hérissé, elle était la première chose que l'on vît en arrivant de Sweet Water par le train, la dernière que l'on aperçût en partant.

Pour arriver à la propriété du Capitaine Forrester, il vous fallait d'abord passer une large rivière sablonneuse qui coulait à la lisière orientale du bourg. La traversant, à gué ou par la passerelle, on pénétrait alors dans l'allée privée du Capitaine, bordée de peupliers de Lombardie et que de vastes prairies jouxtaient de part et d'autre. Juste au pied de la colline où la maison était sise, on traversait une deuxième rivière en empruntant le pont de bois trapu sur lequel passait la route. Ce cours d'eau dessinait des méandres et des boucles sans charme aucun à la surface de vastes prairies, mi-pâtures, mi-marécages. Tout autre que le Capitaine Forrester eût fait drainer ces basses terres pour en faire des champs extrêmement fertiles. Mais il avait choisi ces lieux de nombreuses années auparavant parce qu'ils lui paraissaient beaux et il se trouvait qu'il aimait la façon dont la rivière traçait son labyrinthe dans ses prés, avec ses rives couvertes de menthe, de prêle des marais et de saules scintillants. C'était un homme assez fortuné pour cette époque, et il n'avait pas d'enfants. Il lui était loisible de satisfaire ses caprices.

Quand, dans sa charrette anglaise, le Capitaine ramenait de la gare des amis, venus d'Omaha ou de Denver, il se sentait heureux d'entendre ces messieurs admirer son magnifique bétail qui paissait dans les prés de chaque côté de la grande allée. Et lorsqu'ils atteignaient le sommet de la colline, il était non moins heureux de voir des hommes plus âgés que lui sauter avec agilité de la charrette et monter en courant les marches alors que Mme Forrester sortait sur la véranda pour les accueillir. Même son ami le plus dur et le plus froid, un banquier de Lincoln au visage émacié, s'animait en lui prenant la main, s'efforçait de soutenir l'allègre défi qui dansait dans ses yeux et de répondre avec esprit à la bonne humeur amusée des mots de bienvenue qui lui venaient aux lèvres.

Toujours elle se tenait là, sur le seuil, pour

accueillir ses visiteurs, ayant été avertie de leur approche par le bruit des sabots et le grondement des roues sur le pont de bois. Qu'elle se trouvât alors dans la cuisine, à aider sa cuisinière bohémienne, et elle sortait en tablier, agitant une cuiller en fer luisante de beurre, tançant drôlement le nouvel arrivant d'un geste de ses doigts tachés de cerise. Jamais elle ne prenait le temps de relever, d'une épingle, une mèche de ses cheveux ; en peignoir, elle était charmante, et elle le savait. On l'avait vue se ruer vers la porte en déshabillé, la brosse à la main, les vagues de ses longs cheveux noirs déferlant sur ses épaules, pour venir accueillir Cyrus Dalzell, président de la Colorado & Utah ; et cet homme formidable ne s'était jamais senti aussi flatté. À ses yeux, ainsi qu'à ceux de tous ces hommes admiratifs entre deux âges qui venaient chez elle, quoi que Mme Forrester décidât de faire, c'était le geste « d'une grande dame » du simple fait qu'elle l'accomplît. Ils ne pouvaient se l'imaginer dans une tenue ou dans une situation qui ne la rendissent charmante. Le Capitaine Forrester lui-même, pourtant économe de ses paroles, avait confié au Juge Pommeroy qu'il ne l'avait jamais vue plus séduisante que le jour où un taureau nouvellement acquis l'avait pourchassée à travers la prairie. Ayant oublié la présence de la bête, elle s'en était allée cueillir des fleurs sauvages dans le pré. Il l'avait entendue hurler et, alors qu'il descendait la colline en courant, tout essoufflé, elle avait détalé à la vitesse d'un lièvre le long des marécages, riant comme une folle, obstinément agrippée à l'ombrelle écarlate à laquelle elle devait ses ennuis.

Mme Forrester avait vingt-cinq ans de moins que son mari ; c'était sa deuxième épouse. Il l'avait épousée en Californie et amenée ici juste après leurs noces. Même à cette époque, alors qu'ils n'y passaient que quelques mois par an, ils avaient considéré Sweet Water comme leur vrai domicile. Mais plus tard, après que le Capitaine eut été victime d'une terrible chute de cheval dans les montagnes, qu'il fut brisé au point de ne plus pouvoir construire de chemins de fer, sa femme et lui s'étaient retirés dans la maison sur la colline. Il y vieillit, et elle-même, hélas ! prit de l'âge.

II

Mais nous ferons débuter cette histoire un matin d'été, il y a bien longtemps, à l'époque où Mme Forrester était encore une jeune femme et Sweet Water une petite ville dont on attendait de grandes choses. Ce matin-là elle se tenait debout devant la baie profonde de son salon à disposer des roses à l'incarnat suranné dans une coupe en verre. Levant les yeux, elle aperçut une bande de jeunes garçons qui remontaient l'allée, pieds-nus, armés de cannes à pêche, paniers de pique-nique à la main. Elle les connaissait presque tous ; il y avait là Niel Herbert, le neveu du Juge Pommeroy, beau garçon de douze ans qu'elle aimait bien ; Georges Adams, toujours si poli, fils d'un gros éleveur de Lowell, dans le Massachusetts. Les autres n'étaient que des gamins de la bourgade ; le fils du boucher, avec ses cheveux roux, les jumeaux bruns et replets de l'épicier le plus en vue, Ed Elliott (dont le vieux père encore vert, qui tenait un magasin de chaussures, était le

Don Juan des classes populaires de Sweet Water), les deux fils du tailleur allemand, garçons pâles au visage couvert de taches de rousseur, vêtus à la diable, cheveux en bataille couleur de rouille, à qui il lui arrivait d'acheter du gibier ou des poissons-chats lorsque, muets et fantomatiques, ils faisaient leur apparition à la porte de sa cuisine pour lui demander d'une voix frêle si « du poisson ça l'intéresserait ce matin ».

Alors que les enfants gravissaient la colline, elle les vit hésiter et se consulter. « T'as qu'à lui demander toi, Niel. »

« Vaut mieux que ce soit toi, Georges. Elle va tout le temps chez toi ; moi c'est à peine si elle me connaît de vue. »

Comme ils marquaient un temps d'arrêt au pied des trois marches qui menaient à la véranda, Mme Forrester vint à la porte et leur adressa un signe de tête bienveillant, une rose pâle à la main.

« Bonjour les enfants. Vous partez pique-niquer ? »

Georges Adams fit un pas vers elle en retirant son grand chapeau de paille d'un geste solennel. « Bonjour, madame Forrester. S'il vous plaît, est-ce qu'on pourrait aller pêcher et se promener un peu dans le marais, et puis déjeuner dans le bois ? »

« Mais bien sûr. Vous avez de la chance, il fait un temps délicieux. Il y a longtemps que l'école est finie ? La classe ne vous manque pas ?

Sûrement à Niel en tout cas. Le Juge Pommeroy m'a dit qu'il travaillait très bien. »

Les enfants rirent et Niel prit un air malheureux.

« Allez, sauvez-vous, maintenant, et faites-bien attention de ne pas laisser la barrière du pré ouverte. Monsieur Forrester a horreur de voir le bétail envahir son pâturin. »

Les garçons contournèrent tranquillement la maison et, passant la barrière, pénétrèrent dans le bois : prenant leurs jambes à leur cou, ils s'égaillèrent alors en criant sur les pentes herbues à l'abri des grands arbres. Mme Forrester les regarda depuis la fenêtre de la cuisine jusqu'à ce qu'ils eussent disparu derrière l'ourlet de la colline. Elle se tourna vers sa cuisinière bohémienne.

« Mary, quand vous ferez votre pâtisserie, ce matin, glissez donc un plateau de biscuits dans le four pour ces enfants. J'irai les leur porter quand ils déjeuneront. »

La colline ronde sur laquelle se dressait la maison des Forrester descendait en pente douce jusqu'au pont sur le devant et, sur l'arrière, une pente identique traversait le bosquet. Mais à l'est de la maison, à l'endroit où cessait le petit bois, un escarpement brutal interrompait de hauts talus d'herbe, presque à pic, pour se précipiter vers le marais en contrebas. C'était là que se dirigeaient les enfants.

Quand vint l'heure du déjeuner, ils n'avaient

rien fait de ce qu'ils avaient prévu. Ils s'étaient comportés toute la matinée comme des sauvages, à crier du haut des talus balayés par le vent, à se ruer vers le marais argenté au travers des toiles d'araignée couvertes de rosée qui luisaient sur les herbes hautes, fendant à corps perdu les ajoncs d'un brun pâle, pataugeant sur les bancs de sable de la rivière, à chasser un serpent d'eau annelé de la vieille souche de saule sur laquelle il se prélassait au soleil, à tailler des poignées de lance-pierres, se jetant à plat ventre pour boire à la source fraîche qui coulait de sous une berge dans une tache de cresson sombre. Seuls les deux petits Allemands, Rheinhold et Adolph Blum, s'étaient retirés au milieu des eaux calmes, à l'endroit où la rivière était barrée par un tronc d'arbre abattu et, malgré le vacarme et les grands éclaboussements d'eau qui les entouraient, étaient parvenus à attraper quelques chevesnes.

Les roses sauvages étaient largement épanouies, étincelantes, l'herbe aux chantres montrait ses fleurs violettes et l'asclépiade argentée commençait à sortir. Des oiseaux et des papillons voletaient en tous sens. Tout à coup, la brise tomba, l'air se fit brûlant, le marais commença à fumer et les oiseaux disparurent. Les garçons s'aperçurent qu'ils étaient fatigués ; leur chemise leur collait à la peau et leurs cheveux au front. Ils quittèrent les prés marécageux étouffants pour le petit bois, s'étendirent sur l'herbe propre à l'ombre bienveillante des grands peupliers et étalèrent leur déjeuner. Les petits Blum n'apportaient jamais que du pain de seigle et des morceaux de fromage sec; leurs compagnons n'y auraient touché sous aucun prétexte. Mais Thaddeus Grimes, le fils rouquin du boucher, était le seul qui fût assez grossier pour manifester son mépris. « Vous mangez qu'des saucisses chez vous, pourquoi que vous en apportez jamais ? » beugla-t-il.

« Chut ! » dit Niel Herbert en montrant du doigt une silhouette blanche qui, descendant la colline, traversait le bois d'un pas preste à l'ombre chatoyante des feuilles; c'était Mme Forrester, tête nue, un panier au bras, sa chevelure noire aux reflets bleus brillant dans le soleil. Ce n'est que des années plus tard qu'elle devait se mettre à porter des voiles et des chapeaux de soleil, bien que son teint n'eût jamais été un élément saillant de sa beauté. Elle avait des joues pâles et plutôt creuses, et, l'été, légère ment tachetées de son.

Comme elle s'approchait d'eux, Georges Adams, dont la mère était assez stricte, se leva, et Niel suivit son exemple.

« Voilà des biscuits chauds pour votre déjeuner, les garçons. » Elle retira la serviette qui couvrait le panier. « Vous avez pris quelque chose ? »

« On n'a pas beaucoup pêché. On s'est juste baladés », dit Georges.

« Oh ça, je sais ! À patauger, tout ça. » Elle avait une façon agréable de parler aux enfants, un ton badin et complice. « Je descends moi-même parfois me tremper les pieds, quand je vais cueillir des fleurs. Je n'arrive pas à résister à la tentation. Je retire mes bas, je relève mes jupes, et hop, j'y vais ! » Tendant un pied chaussé de blanc, elle l'agita devant leurs yeux.

« Mais vous savez nager vous, n'est-ce pas, madame Forrester ? dit Georges. Les femmes savent pas, en général. »

« Mais si, parfaitement ! En Californie, tout le monde sait nager. Mais l'eau de la Sweet Water ne me tente pas — cette boue, les serpents d'eau, les sangsues, tout ça... Brrrr ! » fit-elle en accompagnant son rire d'un frisson.

« On a vu un serpent d'eau ce matin, et on l'a pourchassé. Énorme qu'il était ! » intervint Thad Grimes.

« Pourquoi ne l'avez-vous pas tué ? La prochaine fois que j'irai me tremper les pieds, il va me mordre les orteils ! Allez, continuez votre repas maintenant. Georges n'aura qu'à laisser le panier à Mary quand vous partirez. » Alors qu'elle les quittait, ils contemplèrent sa silhouette blanche qui flottait à la lisière du petit bois comme elle s'arrêtait çà et là pour jeter un coup d'œil aux framboisiers qui bordaient la clôture.

« Y sont vraiment bons ces biscuits, pas d'erreur », dit l'un des jumeaux Weaver à la peau brune qui riaient au moindre prétexte. Les petits Allemands mâchonnaient en silence. Tous étaient plutôt contents que Mme Forrester fût descendue les voir en personne, au lieu d'envoyer Mary à sa place. Même le petit Thad Grimes, si rustaud qu'il fût, avec son chaume roux et sa bouche de poisson-chat — trait caractéristique de la marmaille des Grimes — n'ignorait pas que Mme Forrester était une personne tout à fait spéciale. Georges et Niel étaient déjà assez âgés pour se rendre compte par eux-mêmes qu'elle ne ressemblait pas aux autres femmes de la ville et pour se demander ce qui la rendait telle. Les frères Blum, avec ce regard qui pointait sous leur chevelure pâle et mâchonnée, considéraient humblement qu'elle était au nombre des riches grands de ce monde. Ils comprenaient, mieux que leurs compagnons, qu'une classe nantie d'une pareille fortune et de tels privilèges constituait un fait axiomatique de l'ordre social.

Les garçons avaient terminé leur repas et, allongés dans l'herbe, discutaient de l'empoisonnement dont Fanny, l'épagneul du Juge Pommeroy, avait été victime, ainsi que de l'auteur probable de cet acte, quand survint un second visiteur.

« Taisez-vous, les gars, le v'là. C'est le Lierre Poison, dit l'un des jumeaux Weaver. Taisez-vous, on n'a pas envie que ce vieux Roger se fasse empoisonner. »

Un jeune homme bien découplé de dix-huit ou dix-neuf ans, vêtu d'une tenue de chasse dépenaillée en velours côtelé, équipé d'un fusil et d'une gibecière, venait de grimper le talus du marais et descendait le bois entre les rangées d'arbres. Il marchait à grandes enjambées lourdes et arrogantes en donnant des coups de pied dans les branches mortes et se tenait plus droit qu'il n'est naturel, comme s'il avait une barre d'acier glissée dans le dos. Quelque chose dans son port de tête lui donnait un air provocant et soupçonneux. Arrivant près du petit groupe, il s'adressa aux enfants d'un ton supérieur et condescendant.

« Salut les gosses. Qu'est-ce que vous me fichez ici ? »

« On pique-nique », dit Ed Elliott.

« Tiens, je croyais que c'était les filles qu'allaient pique-niquer. Vous avez amené votre maîtresse au moins ? C'est-y que vous auriez pas encore l'âge d'aller à la chasse, les mômes ? »

Georges Adams lui jeta un regard de dédain.

« Bien sûr que si. Même que j'ai eu une Remington 22 pour mon anniversaire. Mais on n'est pas bêtes au point d'amener des fusils ici. Tu ferais mieux de cacher le tien, le môssieur Pierre, ou bien madame Forrester va descendre venir te dire de décamper. »

« Elle peut pas nous voir de sa maison. Et puis de toute façon, elle peut rien me dire du tout. Je suis aussi bien qu'elle. »

À ces mots, les garçons ne prirent pas la peine de répliquer. Semblable affirmation n'avait aucun sens, même pour Thad, avec sa bouche de poisson; le commerce de son père dépendait largement du fait que certaines personnes, valant mieux que d'autres, commandaient de meilleurs morceaux de viande. Que tout le monde se mette à manger du rond de tranche, comme la famille de Pierre Loison, et c'en serait fait du métier de boucher.

Le visiteur avait cependant posé son fusil et sa gibecière derrière un arbre et se tenait debout, très raide, à promener les petites perles de ses yeux étroits sur le groupe, mettant chacun fort mal à l'aise. Georges et Niel avaient horreur de regarder Pierre, ce qui n'empêchait nullement son visage d'exercer sur eux une sorte de fascination. Ecarlate, la chair en paraissait dure, comme gonflée par des piqûres d'abeilles ou le contact du sumac vénéneux. Ce surnom de Lierre Poison, ils le lui avaient pourtant donné parce qu'il était de notoriété publique qu'il s'était « débarrassé » de plusieurs autres chiens avant d'empoisonner le brave épagneul du Juge. Les gamins disaient que quand il prenait un chien en grippe, il n'avait de cesse de lui faire un sort.

La peau écarlate de Pierre Loison était piquetée de minuscules taches de rousseur, pareilles à des points de rouille, et chacune de ses joues dures se creusait d'une indentation sinueuse, semblable à un nœud de bois, — deux fossettes permanentes qui faisaient tout sauf lui adoucir les traits. Il avait de très petits yeux, et l'absence de cils conférait à ses pupilles la fixité dure et hypnotique qu'ont celles des serpents et des lézards. Ses mains paraissaient aussi gonflées que son visage ; des rides profondes en parcouraient le dos et les phalanges, comme si la peau qui les couvrait était trop tendue. Horrible garçon que ce Pierre Loison, et qui prenait plaisir à sa laideur.

Il entreprit d'expliquer aux garçons qu'il faisait trop chaud pour chasser à l'heure qu'il était, mais qu'il avait l'intention, plus tard, de se faufiler discrètement jusqu'au marais, où les canards venaient au coucher du soleil, pour en barboter quelques-uns. « Je pourrai me tirer à travers les maïs avant que le vieux Cap'taine me voie. Y court pas bien fort. »

« Mais il ira se plaindre à ton père. »

« Tu parles qu'il s'en fiche, mon père, comme d'une guigne ! » Les yeux du garçon qui parlait, constamment en mouvement, regardaient au travers du feuillage. « Vous le voyez, ce pivert, là, qui cogne ; il se moque pas mal qu'on soit là. Non mais, quel toupet, hein ? »

« Ils sont protégés ici, alors du coup ils ont pas peur », dit Georges, toujours soucieux de précision.

« Pfff ! Ils vont lui bousiller son bois, au vieux. C't arbre-là est déjà plein de trous. Ce serait pourtant pas difficile de le descendre, d'ici !

Niel et Georges Adams se redressèrent. « Va pas tirer ici, tu vas tous nous faire des ennuis. »

« Elle descendrait tout de suite de la maison », cria Ed Elliott.

« Qu'elle descende si ça lui chante, c't' espèce de bêcheuse ! Qui vous parle de tirer, de toute façon ? Y a d'autres moyens de tuer les chiens que les étouffer avec du beurre. »

À cette impudente remarque, les garçons se lancèrent des regards stupéfaits et les jumeaux bruns, les Weaver, éclatèrent simultanément de rire et se roulèrent sur l'herbe. Mais Pierre ne paraissait pas avoir conscience qu'on le tînt pour avoir un nombre particulièrement élevé de cordes à son arc dès qu'il s'agissait de chiens. Il tira de sa poche un lance-pierres métallique et quelques cailloux ronds. « Je ne vais pas le tuer. Je vais juste lui faire une surprise, qu'on ait le temps de le regarder. »

« J'parie que t'arriveras pas à le toucher ! »

« J' te parie que si ! » Il plaça la pierre sur le morceau de cuir, cligna d'un œil et laissa partir le coup. Comme on pouvait s'y attendre, le pivert tomba à ses pieds. Il jeta sur l'oiseau son lourd chapeau de feutre. Pierre ne portait jamais de chapeau de paille, même aux jours les plus chauds. « Attendez une minute. Il va se remettre. Vous allez l'entendre s'agiter dans un petit moment. »

« D' toute façon, c'est pas un il. C'est une femelle. N'importe qui pourrait te dire ça », dit

Niel avec mépris, agacé que ce garçon si peu apprécié fût ainsi venu leur gâcher l'après-midi. Il en voulait à Pierre Loison de ce qui était arrivé à l'épagneul de son oncle.

« Très bien, alors, mademoiselle la Femelle », dit Pierre d'un ton nonchalant, l'esprit fixé sur le projet qu'il avait l'intention de mettre à exécution. Il sortit de sa poche un petit étui de cuir rouge et, lorsqu'il l'ouvrit, les garçons virent qu'il contenait une série de curieux petits instruments : minuscules lames de couteau effilées, hameçons, aiguilles courbes, une scie, une sarbacane, des ciseaux.

« Y en a là-dedans que j'ai eus avec un nécessaire de taxidermiste dans *Le Magazine des Jeunes*, et d'autres que j'ai faits moi-même. » Il se mit à genoux d'un mouvement raide — on aurait dit que ses articulations se refusaient à plier — et prêta l'oreille à ce qui se passait sous le chapeau. « Aussi excitée qu'une sauterelle », annonça-t-il. Passant vivement la main sous le rebord, il en sortit l'oiseau héberlué. Il ne saignait pas et ne paraissait pas blessé.

« Bon, regardez-moi bien maintenant, je vais vous montrer quelque chose », dit Pierre. Il serrait la tête du pivert entre le pouce et l'index, maintenant son corps haletant prisonnier de sa paume. Vif comme l'éclair, comme s'il accomplissait un tour fréquemment répété, de l'une de ses minuscules lames il fendit les deux yeux exorbités de la petite tête stupide de l'oiseau avant de le relâcher dans l'instant.

Le pivert s'éleva dans les airs d'un mouvement tournoyant, à l'instar de la tige d'un tire-bouchon, se rua vers sa droite, vint donner contre un tronc — vers sa gauche — et donner contre un autre. Voletant, il s'éleva, redescendit, partit en arrière puis en avant parmi l'entrelacs des branches, se raclant les plumes, perdant l'équilibre, le retrouvant. Les garçons demeurèrent là à le regarder, indignés, mal à leur aise, ne sachant que faire. Ils n'étaient pas particulièrement sensibles; Thad était toujours là dès qu'il y avait quelque chose qui se passait à l'abattoir, et les frères Blum vivaient de tuer. Ils n'auraient jamais cru pouvoir être aussi affectés par le spectacle d'un pivert blessé. Il y avait quelque chose de sauvage et de désespéré dans la façon dont cette créature au regard obscurci se cognait les ailes contre les branches, tourbillonnant dans la lumière du soleil sans jamais la voir, ne cessait de tendre la tête en l'air pour la secouer, à la manière d'un oiseau qui boit. Il parvint bientôt à poser ses pattes sur la branche même où il se tenait au moment d'être frappé et parut reconnaître son perchoir. Comme si le choc lui avait appris quelque chose, il remonta péniblement la branche en piquant le bois jusqu'à disparaître dans son trou.

« Bon, s'exclama Niel Herbert, les dents serrées, si j'arrive à l'attraper maintenant, je vais pouvoir le tuer, qu'il n'ait plus mal. Laisse-moi grimper sur ton dos, Rhein. »

Rheinhold était le plus grand, et, obéissant, il inclina son dos osseux. Il est difficile de grimper au tronc d'un peuplier ; l'écorce en est rugueuse et les branches ne commencent que très haut. Niel déchira son pantalon et se fit de douloureuses égratignures aux jambes avant de parvenir à la première fourche. Ayant retrouvé son souffle, il se hissa jusqu'au trou du pivert, si haut qu'il n'était guère aisé à atteindre, au prix d'innombrables détours. Il y était presque, et ses compagnons, au pied de l'arbre, le croyaient en sécurité, quand il perdit soudain l'équilibre, fit un soleil en l'air et vint tomber sur l'herbe à leurs pieds. Il y demeura allongé, immobile.

« Courez chercher de l'eau ! »

« Courez chercher madame Forrester ! Demandez-lui du whisky. »

« Non, dit Georges Adams, portons-le jusqu'à la maison. Elle saura bien ce qu'il faut faire. »

« Ça, c'est pas idiot », dit Pierre Loison.

Comme il était beaucoup plus grand et beaucoup plus fort que les autres, il souleva le corps flasque de Niel et entreprit de gravir la colline. Il venait de se dire que l'occasion était belle de pénétrer dans la maison des Forrester pour voir à quoi elle ressemblait, en ayant toujours eu l'envie.

Mary, la cuisinière, les vit arriver par la

fenêtre de la cuisine et courut chercher sa patronne. Ce jour-là, le Capitaine Forrester était à Kansas City.

Mme Forrester apparut à la porte de derrière. « Que s'est-il passé ? Et c'est Niel en plus ! Amenez-le par ici, s'il vous plaît. »

Pierre Loison la suivit, l'œil attentif, et le reste de la petite troupe lui emboîta le pas, à l'exception des frères Blum, conscients de ce que leur place était à l'extérieur. Mme Forrester, traversant l'office, la salle à manger et le salon, les conduisit dans sa propre chambre. Elle retira le couvre-lit blanc et Pierre déposa Niel sur les draps. Mme Forrester, pour être inquiète, n'avait pas peur.

« Mary, voulez-vous m'apporter l'eau-de-vie qui se trouve dans la desserte ? Georges, toi tu vas téléphoner au docteur Dennison et lui dire de venir tout de suite. Et maintenant, vous autres, vous allez retourner sur la véranda et attendre là-bas tranquillement. » Elle s'agenouilla à côté du lit, et fit couler de l'eau-de-vie entre les lèvres blêmes de Niel avec une petite cuillère. Les plus jeunes sortirent; seul Pierre Loison demeura debout dans le salon, juste à côté de la porte de la chambre, les bras croisés sur la poitrine, à détailler les lieux sans ciller, d'un regard effronté.

Mme Forrester lui jeta un coup d'œil pardessus son épaule. « Voulez-vous aller attendre sur la véranda, je vous prie ? Vous êtes plus âgé que les autres et si j'ai besoin de quelque chose, je pourrai toujours vous appeler. »

Pierre poussa un juron en son for intérieur, mais il n'avait pas le choix. Son impérieuse courtoisie — ses « grands airs », comme il disait — avait quelque chose d'indiscutable. Il avait nourri l'intention de prendre place dans le plus vaste des fauteuils de cuir, de croiser les jambes et de s'installer confortablement ; et voilà qu'il se retrouvait sur la véranda, mis dehors aussi efficacement par cette voix délicatement modulée que s'il s'était fait botter l'arrière-train par le plus costaud des fiers-à-bras de la ville.

Niel ouvrit les yeux et jeta un regard étonné sur la grande chambre à demi envahie par l'obscurité, pleine d'un lourd mobilier de noyer à l'ancienne. Il était étendu sur un lit blanc, avec des taies d'oreiller à dentelles, et Mme Forrester, agenouillée à son chevet, lui passait de l'eau de Cologne sur le front. Mary, la Bohémienne, était debout à côté d'elle, tenant une bassine d'eau. « Aïe, mon bras ! » marmonna-t-il ; son visage se couvrit de sueur.

« Oui, mon cher Niel, j'ai grand peur qu'il ne soit cassé. Ne bouge pas. Le docteur Dennison sera là dans quelques instants. Cela ne te fait pas si mal que ça, n'est-ce pas ? »

« Non, M'dame », dit-il faiblement. Il souffrait, mais il se sentait faible et heureux. La pièce était fraîche, ombreuse et calme. Chez lui, c'était affreux quand quelqu'un était malade... Que les doigts de Mme Forrester étaient doux, quelle dame merveilleuse c'était ! Sous le jabot de dentelle de sa robe, il voyait sa gorge blanche se soulever à toute allure. Elle se releva soudain pour enlever ses bagues brillantes, — n'y ayant pas songé jusque-là —, les fit glisser de ses doigts d'un mouvement preste, comme si elle se lavait les mains, et les laissa tomber dans la large paume de Mary. Le petit garçon se disait qu'il n'aurait sans doute plus jamais l'occasion de se trouver dans un endroit si agréable. Les fenêtres descendaient presque jusqu'à la plinthe, comme des portes, et les volets verts clos laissaient passer des rais de soleil qui vibraient sur le plancher poli et les objets d'argent qui se trouvaient sur la coiffeuse. Les lourds rideaux étaient relevés par de gros cordons, pareils à des cordes épaisses. Le lavabo à dessus de marbre était grand comme une desserte. Les meubles de noyer massif étaient tout marquetés de bois pâles. Niel possédait une scie à ruban, et ce travail d'incrustation l'intéressait.

« Eh bien, il a meilleure mine, maintenant, n'est-ce pas Mary ? » Mme Forrester passa la main dans ses cheveux noirs et lui posa un léger baiser sur le front. Oh !, qu'elle sentait bon, qu'elle sentait bon !

« Écoutez ! Des roues qui passent sur le pont; c'est le docteur Dennison. Va le faire entrer, Mary. »

Le Dr. Dennison remit le bras de Niel en

place et le ramena chez lui dans sa carriole. Ce n'était guère agréable de rentrer à la maison : c'était une construction aussi fragile qu'une coquille d'œuf, là-bas, à l'écart, tout au bord de la prairie, à l'endroit où vivaient les gens sans importance. N'eût été le fait qu'il était le neveu du Juge Pommeroy, Niel aurait fait partie de ces enfants à qui Mme Forrester se contentait d'adresser un signe de tête et un sourire en passant. Son père était veuf. Une parente sans le sou, vieille fille du Kentucky, s'occupait d'eux, et Niel était à peu près convaincu qu'elle était la plus mauvaise femme d'intérieur du monde. Leur maison était d'ordinaire jonchée de linge abandonné à divers stades de son entretien, lessiveuses posées un peu partout dans lesquelles trempait la lessive, et on laissait les lits « s'aérer » jusqu'à ce que, à n'importe quelle heure de l'après-midi, la Cousine Sadie songeât par hasard à les faire. Elle aimait bien aller s'asseoir, le petit déjeuner achevé, et lire le compte rendu des procès criminels ou feuilleter un vieux numéro froissé de *St. Elme*. Sadie, créature au cœur d'or, ne cessait de voler au secours d'une voisine ou d'une autre, mais Niel détestait voir arriver chez eux le moindre visiteur. Son père était rarement à la maison, passant ses journées au bureau. Il travaillait au bureau d'enregistrement du comté et s'occupait des prêts agricoles. Ayant lui-même perdu sa propriété, il investissait à leur place l'argent des autres. C'était un homme doux et agréable, jeune, beau garçon, bien élevé, mais Niel avait l'impression qu'une atmosphère d'échec et de défaite planait sur sa famille. Il se sentait beaucoup plus proche de son oncle maternel, le Juge Pommeroy, homme corpulent aux favoris blancs qui était l'homme de loi du Capitaine et ami avec tous les gens importants qui rendaient visite aux Forrester. Niel était fier, comme sa mère; elle était morte quand il avait cinq ans. Elle avait toujours détesté l'Ouest, n'avait cessé de confier à ses voisins d'une voix hautaine que jamais elle n'accepterait d'envisager de passer sa vie ailleurs que dans le comté de Fayette, dans le Kentucky; qu'ils n'étaient venus à Sweet Water que pour investir, « changer leurs liards en écus ». C'est grâce à cette expression que l'on se souvenait encore d'elle, pauvre femme.

III

Les quelques années qui suivirent, Niel vit très rarement Mme Forrester. Elle était une fièvre qui s'en venait avec l'été et s'en repartait avec lui. Son mari et elle passaient toujours l'hiver à Denver et à Colorado Springs, quittant Sweet Water peu de temps après Thanksgiving pour n'y revenir que le 1er Mai. Il savait que Mme Forrester avait pour lui de l'affection, mais elle n'avait guère de temps à consacrer aux adolescents. Lorsque des amis demeuraient chez elle, et qu'elle leur offrait à souper en plein air, ou qu'elle organisait un bal à leur intention dans la clairière, une nuit de clair de lune, Niel était toujours invité. Lors de ses allées et venues sur la route qui menait au marais, en compagnie des frères Blum, il lui arrivait de rencontrer le Capitaine qui ramenait chez lui des visiteurs dans sa charrette anglaise et il entendait parler de ces gens par Black Tom, le fidèle domestique noir du Juge Pommeroy, qui allait faire le service chez Mme Forrester lorsqu'elle offrait un dîner.

Puis survint l'accident qui mit un terme prématuré à la carrière de constructeur de chemins de fer du Capitaine. Après cette chute de cheval, il demeura tout l'hiver en piteux état à l'hôtel Antlers, à Colorado Springs. L'été suivant, quand Mme Forrester le ramena chez eux à Sweet Water, il marchait encore avec une canne. Il avait pris beaucoup de poids, semblait ne savoir que faire de sa propre masse, et ne parla jamais de se remettre au service des chemins de fer. Il parvenait à travailler dans son jardin, taillant ses buissons d'obiers et ses haies de lilas, consacrant une grande partie de son temps à la culture des roses. Sa femme et lui continuaient de passer les hivers ailleurs, mais chaque année la durée de leur absence allait diminuant.

Pendant tout ce temps, la ville de Sweet Water ne cessait de changer. Son avenir ne paraissait plus aussi brillant. De mauvaises récoltes successives avaient brisé le moral des fermiers. George Adams et sa famille étaient repartis pour le Massachusets, ayant perdu toute illusion sur les possibilités de l'Ouest. L'un après l'autre, les autres gros éleveurs suivirent leur exemple. Il venait maintenant beaucoup moins de visiteurs chez les Forrester. La Burlington « rentrait ses cornes », comme disaient les gens, et les administrateurs du chemin de fer ne s'arrêtaient plus aussi souvent à Sweet Water, préférant traverser à la hâte une ville dans laquelle ils avaient investi des sommes qu'ils ne reverraient jamais.

Le père de Niel Herbert fut l'un des premiers à connaître l'échec et à se retrouver le dos au mur. Il mit la clef sous le paillasson de sa petite maison, renvoya sa cousine Sadie dans le Kentucky et s'en fut à Denver prendre un emploi de bureau. Il laissa Niel derrière lui, ce dernier devant étudier le droit dans l'étude de son oncle. Non que Niel eût le moindre goût pour le droit, mais il aimait à être avec le Juge Pommeroy, et autant valait, pour l'instant, qu'il vécût là qu'ailleurs. Les quelques milliers de dollars que sa mère lui avait laissés ne devaient lui revenir qu'à sa majorité.

Niel s'aménagea une chambre à lui derrière la suite que louait le Juge pour ses activités professionnelles, au premier étage du bâtiment de briques le plus prétentieux de la ville. Il y vivait dans une propreté et un dénuement monastiques, heureux d'être enfin débarrassé de sa cousine et de ses inconséquences domestiques, et résolut de demeurer célibataire, comme son oncle. Il entretenait les bureaux, faisant en fait office de factotum, et les arrangea précisément selon ses goûts, donnant un aspect si agréable aux locaux que tous les amis du Juge, au nombre desquels le Capitaine Forrester, s'y arrêtaient de plus en plus souvent pour bavarder.

Le Juge était fier de son neveu. Niel avait maintenant dix-neuf ans; c'était un garçon de haute taille, très droit, réfléchi. Il avait des traits nettement dessinés et ses yeux gris, si sombres qu'on les eût dit noirs sous ses longs cils, étaient plutôt mélancoliques et non dépourvus de défi. Le monde n'était pas peint de couleurs très gaies pour les jeunes gens de cette époque. Une certaine réserve, où n'avaient part ni l'embarras ni la vanité, mais due, bien plutôt, à une disposition d'esprit volontiers critique, le faisait paraître plus âgé qu'il n'était, et un peu froid.

Un après-midi d'hiver, peu de temps avant Noël, Niel était assis à écrire dans le bureau du fond, sur la longue table où l'occupaient d'ordinaire des tâches d'inégale importance, entouré de la belle bibliothèque juridique du Juge et de gravures solennelles d'hommes d'état et de grandes figures du droit. Son oncle était à son bureau, dans la pièce de devant, en amicale consultation avec l'un de ses clients venu de la campagne. Niel, victime du profond ennui que lui causaient les notes qu'il était en train de copier, s'efforçait d'imaginer un prétexte pour sortir un peu dans la rue, lorsqu'il perçut des pas légers qui s'approchaient rapidement dans le couloir. La porte du bureau s'ouvrit, il entendit son oncle se lever en hâte et, au même instant, un rire de femme, un rire doux et musical qui montait et descendait à l'instar d'une gamme suave. Il se retourna sur son fauteuil à vis de façon à pouvoir jeter un regard par-dessus son épaule en direction du grand bureau, au-delà de la double porte. Mme Forrester se tenait là, agitant son manchon en direction du Juge et du fermier suédois abasourdi. Son regard vif se posa sur la bouteille de bourbon et les deux verres qui se trouvaient sur le bureau au beau milieu des papiers.

« Eh bien, monsieur le Juge, c'est ainsi que l'on prépare ses dossiers ? Bel exemple pour Niel ! » Elle jeta un coup d'œil de l'autre côté de la porte et fit un petit signe de tête au jeune homme qui se levait.

Il demeura néanmoins dans le bureau du fond à l'observer cependant qu'elle refusait le fauteuil que le Juge avançait vers elle ainsi que, d'un geste, la bouteille de bourbon qu'il lui désignait courtoisement. Elle demeura debout à côté de son bureau dans son long manteau en peau de phoque, la toque assortie sur la tête, un foulard cramoisi pointant au-dessus de son col, une voilette brune à pois nouée sur les yeux. Cette dernière ne dissimulait pas le moins du monde ces yeux magnifiques, sombres et emplis de lumière, qui brillaient sous son front bas et blanc et l'arc prononcé de ses sourcils. L'air glacé ne lui avait mis nulle couleur aux joues, sa peau, toujours, conservant la blancheur odorante et cristalline des lilas. Que Mme Forrester regardât quelqu'un, et l'on savait d'emblée qu'elle était envoûtante. L'impression était immédiate, et perçait les cuirs les plus épais. Le visage du fermier suédois était maintenant fendu d'un sourire qui lui allait d'une oreille à l'autre et il s'était lui aussi tant bien que mal mis sur pied. Il ne pouvait, avec Mme Forrester, y avoir de contact qui fût, même le moins du monde, fâcheux. Qu'elle ne fît que s'incliner vers vous, se contentât de vous lancer un regard, et un rapport personnel, immédiatement, s'établissait. Quelque chose en elle s'emparait de l'autre en un éclair ; on était instantanément conscient de sa présence, de sa fragilité et de sa grâce, de sa bouche qui, avec si peu de mots, parvenait à dire tant de choses, de ses yeux vifs, rieurs, complices, rarement exempts d'une moquerie légère.

« Niel et vous accepteriez-vous de venir dîner avec nous demain soir, monsieur le Juge ? Et auriez-vous l'obligeance de bien vouloir me prêter Tom ? Nous venons de recevoir un câble. Les Ogden vont venir passer un moment chez nous. Ils sont allés dans l'Est chercher leur fille à l'école — elle a attrapé les oreillons ou je ne sais quoi. Ils veulent être de retour chez eux pour Noël, mais vont passer deux jours avec nous. Frank Ellinger viendra sans doute de Denver. »

« Il n'est guère de projet qui puisse me procurer un plaisir semblable à celui de dîner en compagnie de madame Forrester », dit le Juge avec emphase.

« Merci ! » dit-elle en accompagnant ses

paroles d'une révérence comique avant de se retourner vers la double porte. « Niel, te serait-il possible de laisser ton travail le temps de me ramener à la maison ? Monsieur Forrester est retenu à la banque. »

Niel enfila son manteau en peau de loup. Mme Forrester saisit sa manche velue et descendit rapidement avec lui le long couloir et les escaliers étroits qui menaient à la rue.

Attaché à la barre de bois, son traîneau attendait, pareil à un jouet peint au milieu des traîneaux et des chariots plus rustiques. Niel borda Mme Forrester dans les houppelandes de buffle, détacha les chevaux et bondit à ses côtés. Sans qu'il fût besoin du moindre signal, l'attelage s'ébranla dans la rue principale verglacée et pratiquement déserte, traversa la rivière gelée et remonta au trot l'allée bordée de peupliers en direction de la maison qui se dressait sur la colline. Le soleil de cette fin d'après-midi flambait sur les prairies encroûtées de neige. Les peupliers semblaient très grands et très droits, comme pincés et sévères dans leur hivernale pauvreté. Mme Forrester bavardait avec Niel, le visage tourné vers lui, tenant son manchon levé devant elle pour couper le vent.

« Je compte sur toi pour m'aider à distraire Constance Ogden. Pourrais-tu m'en débarrasser après-demain, venir l'après-midi ? Tes devoirs de juriste ne te pèsent pas encore trop, non ? » Elle sourit, taquine. « Que veux-tu que je fasse d'une demoiselle de dix-neuf ans ? Qui poursuit ses études ? Je n'ai rien de savant à lui raconter, moi ! »

« Moi non plus, vous savez ! » s'exclama Niel.

« Oui, mais toi tu es un garçon ! Tu parviendras sans doute à l'intéresser à des sujets plus légers. On dit qu'elle est jolie. »

« Et vous croyez que c'est vrai ? »

« Il y a longtemps que je ne l'ai vue. Mais elle était d'une beauté frappante, des yeux bleus de porcelaine, des masses de cheveux blonds — enfin, pas blonds exactement, plutôt cendrés, comme on dit, je crois. »

Niel avait remarqué que lorsqu'elle décrivait les attraits d'une femme, Mme Forrester ne pouvait s'empêcher de s'en moquer un peu.

Ils vinrent se ranger devant la maison. Ben Keezer sortit de la cuisine pour rentrer les chevaux.

« Il faudra que tu ailles chercher monsieur Forrester à six heures, Ben. Et toi, Niel, entre un instant te réchauffer. » Elle le fit entrer dans le hall après lui avoir fait traverser le petit sas qui protégeait la porte en hiver. « Accroche ton manteau et viens par ici. » La suivant, il traversa le salon et pénétra dans la salle à manger où un feu de charbon brûlait dans le foyer sous le manteau noir de la cheminée, et s'assit dans le vaste fauteuil de cuir dans lequel le Capitaine Forrester aimait à sommeiller après le déjeuner. La pièce était plutôt sombre, garnie de bibliothèques en noyer à corniches sculptées et closes de portes vitrées. Le plancher était recouvert d'un tapis rouge et aux murs étaient suspendues de grandes gravures anciennes : « La Maison du Poète au Dernier Jour de Pompéii », « Shakespeare Lisant Devant la Reine Elizabeth. »

Mme Forrester l'abandonna un instant pour revenir bientôt, chargée d'un plateau portant une carafe et des verres à sherry. Elle le posa sur le guéridon où son mari rangeait son nécessaire de fumeur, en versa un verre à Niel et se servit elle-même avant de venir se percher sur l'accoudoir d'un fauteuil où elle demeura assise à siroter son sherry en tendant ses minuscules pantoufles à boucle d'argent en direction des charbons ardents.

« C'est si agréable de vous voir rester ici après Noël », remarqua Niel. « Pour autant que je me souvienne, vous n'avez jamais passé qu'un seul autre Noël ici. »

« Je crains que nous ne passions tout l'hiver ici, cette année. Monsieur Forrester pense que nous ne pouvons plus nous permettre de partir. Pour une raison qui m'échappe, voilà que nous sommes extraordinairement pauvres pour le moment. »

« Comme tout le monde », remarqua le jeune homme d'une voix sombre.

« Eh oui, comme tout le monde. Mais cela ne sert à rien de se lamenter sur cette situation, n'est-ce pas ? » Elle remplit les deux verres. « Je prends toujours un petit verre de sherry à cette heure-ci de l'après-midi. À Colorado Springs, certaines de mes amies prennent du thé, comme les Anglais. Mais je me ferais l'impression d'être une vieille femme à boire du thé comme ça ! Et puis, le sherry me fait beaucoup de bien à la gorge. » Niel se rappela vaguement avoir entendu circuler sur son compte quelque légende où il était question de faiblesse pulmonaire et d'abominables hémorragies. Mais à la regarder, tout cela paraissait bien peu vraisemblable ; elle était certes fragile, mais dotée d'une telle vitalité, si légère, si effervescente ! « Mais peut-être que je suis vieille à tes yeux, Niel, assez vieille en tout cas pour boire du thé et porter un bonnet ! »

Il eut un sourire grave. « À mes yeux, vous ne changez jamais, madame Forrester. »

« Ah oui ? Et comment suis-je donc à tes yeux ? »

« Merveilleuse. Absolument merveilleuse. »

Alors qu'elle se penchait pour reposer son verre, elle lui tapota la joue. « Oh, tu seras parfait pour Constance ! » Puis, redevenant sérieuse : « Je suis bien contente que tu penses cela, cependant. Je tiens à ce que tu m'aimes assez pour revenir nous voir souvent cet hiver. Tu viendras avec ton oncle faire le quatrième au whist. Monsieur Forrester tient absolument à sa partie de whist le soir. Trouves-tu que son état empire, Niel ? Cela me fait peur de le voir perdre un peu de son assurance. Enfin, allons, gardons foi en notre bonne étoile ! » Elle leva le verre à demi vide et le tint à la lumière.

Niel aimait le spectacle de ses boucles d'oreilles étincelant à la lueur des flammes, de longs pendentifs de grenats et de perles de culture en forme de fleurs de lys. Elle était la seule femme qu'il connût à porter des boucles d'oreilles ; elles pendaient de façon naturelle sur le triangles de ses joues fines. Le Capitaine Forrester, bien qu'il lui en eût offert de plus belles, aimait la voir porter celles-ci, parce qu'elles avaient appartenu à sa mère. Il trouvait satisfaisant de voir sa femme arborer des bijoux ; cela revêtait une grande signification à ses yeux. Jamais elle ne se séparait de ses magnifiques bagues, sauf lorsqu'elle était à la cuisine.

« Peut-être cet hiver à la campagne lui fera-t-il du bien, » dit Mme Forrester, sortant d'un silence pendant lequel elle n'avait cessé de fixer le feu, comme si elle essayait d'y lire l'issue de leurs difficultés. « Il aime tellement cet endroit. Mais il va falloir que monsieur le Juge et toi le surveilliez quand il ira en ville, Niel. S'il a l'air fatigué ou mal en point, trouve une excuse et ramène-le à la maison. Il ne tient plus un verre ou deux comme dans le... » ; s'interrompant, elle jeta un coup d'œil par-dessus son épaule pour s'assurer que la porte de la salle à manger était bien fermée. « Une fois, l'hiver dernier, il avait été boire un verre avec de vieux amis à l'Antlers — rien d'extraordinaire, rien qu'il n'ait déjà fait par le passé ou à quoi un homme ne doive normalement résister, — mais ç'a été trop pour lui. Quand il est sorti pour me rejoindre à la voiture, tu sais, en descendant cette grande allée, eh bien, il est tombé. Ce n'est pas comme s'il y avait eu du verglas, tu comprends, il n'a pas glissé. Il ne tenait pas sur ses jambes, tout simplement. Il a eu du mal à se relever. J'en frissonne encore quand j'y pense. Pour moi, vois-tu, c'est comme si une montagne s'était écroulée. »

Un peu plus tard, Niel se précipita sur le flanc de la colline à corps perdu, fixant d'un œil exalté les bandeaux du crépuscule rouge. Bah, l'hiver ne s'annonçait pas si mauvais cette année ! Qu'il était étrange qu'elle se trouvât là, une femme comme elle au milieu de gens ordinaires ! Même à Denver, il n'avait jamais vu de femme si élégante. Il s'était assis dans la salle à manger de l'hôtel Brown Palace et les avait regardé arriver dîner — des femmes vêtues à la dernière mode, venues de l'Est, en route pour la Californie. Mais jamais il n'en avait vu une qui fût si attirante ni si distinguée que Mme Forrester. À côté d'elle, les autres femmes semblaient lourdes et ternes ; même celles qui étaient jolies paraissaient sans vie, ne possédant pas dans le regard ce petit quelque chose qui faisait picoter le sang. Et il n'avait jamais entendu nulle part ailleurs ce rire accrocheur et musical qui était le sien, ce rire pareil à des accents de musique de danse venant des lointains, qui filtraient par des portes qui ne cessaient de s'ouvrir et de se refermer.

Il se rappelait la toute première fois qu'il avait vu Mme Forrester, quand il était petit garçon. Il traînait devant l'église épiscopale un dimanche matin, lorsqu'une voiture basse s'était arrêtée devant le porche. Ben Keezer était assis sur le siège du conducteur et, à l'arrière, se trouvait une dame, seule, vêtue d'une robe de soie noire, toute en étoffe bouffante et en ruchés, un chapeau noir sur la tête, une ombrelle à poignée d'ivoire sculpté à la main. Au moment où la voiture s'était arrêtée, elle avait soulevé le bas de sa robe pour descendre ; d'un tourbillon de jupons blancs bouillonnant, elle avait fait pointer une minuscule pantoufle noire. Mettant légèrement pied à terre, elle avait fait un signe de tête au conducteur et avait pénétré dans l'église. Le petit garçon l'avait suivie, était entré à sa suite, l'avait vue se glisser entre les bancs et s'agenouiller. Il était fier, aujourd'hui, de l'avoir, dès la première seconde, reconnue pour appartenir à un monde différent de tous ceux qu'il avait jamais connus.

Niel fit une pause au bout de l'allée pour lever les yeux vers le dernier squelette de peuplier de la longue enfilade ; juste au-dessus de son sommet pointu était suspendue, creuse et argentée, la lune d'hiver.

IV

Lorsqu'il faisait beau, le Juge Pommeroy se rendait à pied chez les Forrester, mais à l'occasion du dîner offert en l'honneur des Ogden, il engagea le loueur de chevaux afin qu'il le conduisît avec son neveu dans l'un des fiacres de la ville, véhicules qui servaient rarement, sauf pour les enterrements et les mariages. Ils dégageaient une forte odeur d'écurie et étaient équipés de houppelandes lourdes comme le plomb et glissantes comme de la toile cirée. Niel et son oncle étaient les seuls habitants de la ville à avoir été conviés chez les Forrester ce soir-là ; ils franchirent la rivière et gravirent la colline en grande pompe, pour émerger de la voiture couverts de crins.

Le Capitaine Forrester vint les accueillir à la porte, sa silhouette corpulente engoncée dans une redingote, un col plat, orné d'une fine cravate noire, mordant les plis lourds qui lui cernaient le cou. Il était toujours rasé de près, à l'exception d'une moustache tombante gris-souris. Les invités, debout derrière lui, éclatèrent de rire lorsque Niel, s'emparant de la brosse, entreprit de débarrasser le drap du costume de son oncle des poils rouans dont il était couvert. Puis Mme Forrester donna elle-même à Niel un coup de brosse avant de l'entraîner vers le salon pour le présenter à Mme Ogden et à sa fille.

La jeune fille était plutôt jolie, songea Niel, dans sa robe du soir rose pâle qui découvrait ses bras lisses et son petit cou à fossettes. Ses yeux, comme l'avait dit Mme Forrester, étaient d'un bleu de porcelaine, plutôt proéminents, peu expressifs. Sa toison de cheveux d'or cendré lui ceignait la tête, prise dans des bandeaux argentés. Malgré un teint frais de rose, son visage n'était pas vraiment agréable. Deux plis amers joignaient les ailes de son petit nez aux commissures de ses lèvres. Devenait-elle mécontente, ne fût-ce que de la plus insignifiante façon, et ces plis se tendaient, lui retroussant le nez, et lui conféraient une expression soupçonneuse et blessée. Niel prit place à côté d'elle et fit de son mieux, mais il trouva difficile de lui parler. Elle paraissait nerveuse et distraite, ne cessait de jeter des regards par-dessus son épaule et de serrer fort la boule de son mouchoir. Manifestement, elle avait l'esprit ailleurs. Au bout de quelques instants, il se tourna vers sa mère, qui semblait plus facile à intéresser.

Mme Ogden était d'une laideur presque impardonnable : visage en forme de poire, front haut souligné d'une rangée de boucles plates et sèches. Sa peau d'un brun bleuâtre s'accordait presque à la couleur de sa robe de soirée violette. Un collier de diamants étincelait sur sa gorge fanée. À la différence de Constance, elle paraissait tout à fait aimable mais, en parlant, elle inclinait la tête et « se servait » de ses yeux, jouant de ces œillades espiègles qu'il croyait l'apanage des seules jolies femmes. Elle avait sans doute longtemps été entourée de gens aux yeux desquels elle était une personne d'importance et avait adopté les manières d'une égérie gâtée. Niel, d'abord, la trouva plutôt sotte, mais, quelques instants s'étant écoulés, il s'habitua à ses affectations et se prit à la trouver plaisante. Il se surprit à rire de bon cœur et en oublia le découragement que lui avait causé son échec avec la fille.

M. Ogden, petit homme de cinquante ans aux traits tannés, affligé d'une coquetterie dans l'œil, à l'impériale raide et aux pointes de moustaches relevées, était nettement plus calme et plus réservé que lorsque Niel avait fait sa connaissance en de précédentes circonstances. Il comptait apparemment sur sa femme pour faire les frais de la conversation. Quand Mme Forrester s'adressait à lui, ou passait dans ses parages, son bon œil se mettait à briller et la suivait du regard, cependant que celui qui s'attardait ailleurs conservait la même expression sans le moins du monde s'engager.

Soudain, chacun s'anima ; l'atmosphère se réchauffa et la lumière même parut croître lorsqu'un quatrième convive, venu avec le groupe de Denver, émergea de la salle à manger, portant un plateau étincelant chargé des cocktails qu'il avait été occupé à préparer. Frank Ellinger, célibataire, était un homme de quarante ans ; il mesurait un mètre quatre-vingt-cinq, avait de longues jambes droites, de belles épaules et une silhouette qui lui permettait encore de boutonner sans pli aucun son gilet blanc sous sa jaquette exceptionnellement bien coupée. Ses cheveux noirs, aussi grossiers et bouclés que de la bourre de matelas, grisonnaient autour de ses oreilles et son visage coloré était marqué de petites veines violettes autour de son nez crochu, — un nez pareil à la proue d'un navire, aux narines allongées. Une profonde fente lui entaillait le menton, ses lèvres épaisses, relevées aux commissures, semblaient tout en muscle, parfaitement soumises à son contrôle et, découvrant ses dents blanches et solidement implantées, irrégulières et bombées, lui donnaient l'allure d'un homme capable de briser en deux une barre de fer d'un coup de mâchoire. Sous ses vêtements, toute sa personne rayonnait de vitalité, d'une indomptable énergie musculaire qui évoquait un peu la cruauté des animaux sauvages. Niel s'intéressa vivement à cet homme, héros d'un si grand nombre d'histoires ambiguës. Il ne parvenait pas à décider s'il lui était ou non sympathique. Rien de ce qu'il savait de lui n'était négatif, mais il n'en ressentait pas moins la présence du mal.

L'arrivée des cocktails donna le signal de la conversation générale, les invités se regroupèrent. Même Mlle Constance en parut moins ennuyée. Ellinger but son cocktail debout à côté de la chaise où elle était assise et lui offrit la cerise qu'il avait dans son verre. On servait des whisky-bitters, nul, en ce temps-là, ne buvant jamais de Martini-gins ; le gin, pensait-on alors, était strictement destiné à la consolation des marins et des femmes de ménage éthyliques.

« Excellent, Frank, excellent », déclara le Capitaine Forrester en tirant de sa poche un mouchoir fraîchement repassé et parfumé à l'eau de Cologne pour s'en essuyer la moustache. « Est-il permis d'y revenir ? » Le Capitaine avait légèrement peine à respirer en parlant. Ses yeux, toujours un peu vagues et injectés de sang depuis son accident, clignaient à l'adresse de ses amis sous ses lourdes paupières.

« Et voilà, une nouvelle tournée générale, Capitaine. » Ellinger, prenant sur la desserte un shaker volumineux, remplit tous les verres à l'exception de celui de Mlle Ogden. Se tournant vers elle, il lui fit de l'index un signe réprobateur et lui offrit la soucoupe de marasques.

« Ce n'est pas celles-là que je veux, c'est celle

qui est dans votre verre, lui dit-elle en faisant la moue. J'ai envie qu'elle ait du goût ! »

« Constance ! » lui fit sa mère d'une voix lourde de reproches en roulant les yeux à l'adresse de Mme Forrester, comme pour partager avec elle les charmes de semblable innocence.

« Niel, dit Mme Forrester en riant, tu vas bien laisser cette enfant s'offrir ta cerise, non ? »

Niel s'empressa de traverser la pièce pour lui tendre la cerise qui se trouvait au fond de son verre. Elle la saisit entre le pouce et l'index et la fit tomber dans le sien où, comme il ne manqua pas de le remarquer, elle la laissa au moment où ils passaient à table. « Espèce de petit cochon rose têtu, se dit-il, et complètement idiote de se conduire ainsi avec un homme assez vieux pour être son père, par-dessus le marché. » Il poussa un soupir en constatant qu'il occupait la place voisine de la sienne à la table du dîner.

Le Capitaine Forrester, présidant sa tablée, serviette au cou, ses couverts à découper en main, avait encore une présence impressionnante. Nul ne savait plus habilement que lui dépouiller le squelette d'un couple de canards ou d'une dinde de vingt livres. « Quel est le morceau de dinde que vous préférez, madame Ogden ? » Il suffisait d'exprimer sa préférence pour la voir satisfaire : farce et sauce l'accompagnaient, ainsi que les légumes, précautionneusement disposés alentour. Qu'une assiette quittât les mains du

Capitaine Forrester, et c'était un repas complet qui parvenait à son destinataire, alors servi, et bien servi. Il servit Mme Forrester après les autres dames, mais avant les hommes, et lui dit, à elle aussi : « Madame Forrester, quel morceau de dinde désirez-vous ce soir que je vous donne ? » Il n'était pas homme à varier ses formules ni à changer ses habitudes, ne faisant pas en cela preuve de plus de mobilité que s'agissant de ses traits. Niel et le Juge Pommeroy avaient souvent remarqué à quel point le Capitaine Forrester ressemblait aux portraits de Grover Cleveland[1]. Sa dignité pataude dissimulait une solide personnalité ainsi qu'une conscience que nul n'avait jamais pu ébranler. Il possédait le calme des montagnes. Lorsqu'il posait sa main charnue aux doigts épais sur l'encolure d'un cheval affolé, sur une femme hystérique ou sur un ouvrier irlandais prêt à en découdre, il leur communiquait sa paix, quelque chose à quoi il leur était impossible de résister. Tel avait été le secret de ce meneur d'hommes. Son équilibre n'exigeait rien des autres et ne revendiquait rien en retour ; son attitude était si simple que les êtres les plus échevelés retrouvaient alors le silence. Dans le temps, alors qu'il posait des voies dans les Collines Noires, il arrivait que des troubles survinssent au camp alors qu'il ne s'y

1. Président des États-Unis de 1884 à 1888 et de 1892 à 1896. (N.d.T.)

trouvait pas, demeurant à Colorado Springs avec Mme Forrester. Il reposait alors le télégramme annonçant une révolte et disait à son épouse, « Maidy, il faut que j'aille voir mes hommes. » Et c'était là tout ce qu'il avait à faire : aller les voir.

Occupé à ses devoirs d'hôte, le Capitaine parlait fort peu, de sorte que le Juge Pommeroy et Ellinger ne cessèrent tout ce temps d'échanger d'un bout à l'autre de la table des volées d'histoires amusantes. Niel, assis en face d'Ellinger, l'observait attentivement. Il ne parvenait toujours pas à décider s'il lui était ou non sympathique. À Denver, Frank avait la réputation d'être le meilleur garçon du monde : plein de tact, de générosité et de ressources, prêt, la tempête menaçât-elle, à réduire sa voilure, c'était un homme qui s'inclinait de bonne grâce devant l'inévitable, voire devant ce qui aurait pu le devenir. Étant plus jeune, il avait été connu pour ses « frasques », mais nul ne lui en tenait rigueur, pas même les mères de jeunes filles en âge de convoler, telle Mme Ogden. La morale n'était pas la même en ce temps-là. Niel avait entendu son oncle parler de l'engouement juvénile d'Ellinger pour une certaine Nell Emerald, belle femme à la personnalité plutôt inhabituelle qui tenait une maison dûment patentée par la police de Denver. Nell Emerald avait confié à un membre âgé du club que, bien qu'elle fût allée se promener dans une voiture tirée par le nouveau trotteur du jeune Ellinger, il lui était impossible de « respecter un homme capable d'aller faire un tour avec une prostituée en plein jour ». Cette histoire, ainsi qu'une douzaine d'autres du même style, on la racontait souvent d'Ellinger, et les femmes, à ces récits, riaient d'aussi bon cœur que les hommes. Pendant tout le temps qu'il avait consacré à nourrir la chronique scandaleuse qui s'attachait à son nom, le jeune Ellinger s'était avec dévouement occupé d'une mère impotente et, à ceux qui ne le connaissaient pas, on le disait à la fois jeune homme menant la vie à grandes guides et fils modèle. Semblable combinaison était du goût de l'époque. Nul ne lui en voulait pour autant. Maintenant que sa mère était décédée, il vivait à l'hôtel Brown Palace, bien qu'il conservât la maison de Colorado Springs.

Le rôti étant sérieusement entamé, Black Tom, très digne avec son gilet blanc et son col dur, servit le champagne. Le Capitaine Forrester leva son verre, tenant la tige fine entre ses doigts épais et, saluant d'un regard circulaire ses invités et Mme Forrester, déclara :

« Aux jours heureux ! »

Tel était le toast qu'il prononçait toujours à dîner, l'invocation qu'il ne manquait jamais lorsqu'il prenait un verre de whisky en compagnie d'un vieil ami. Quiconque l'avait entendu dire une fois ces paroles aimait à les lui entendre répéter. Nul autre que lui ne pouvait à sa manière prononcer ces trois mots, avec une telle gravité, une si exquise courtoisie. On aurait dit un moment solennel, quelques coups discrètement frappés à la porte du Destin derrière laquelle se dissimulait l'intégralité des jours de l'existence, qu'ils fussent ou non beaux. Niel but son vin, l'échine parcourue d'un agréable frisson, en se disant que rien ne faisait paraître la vie si précaire, l'avenir si secret, si insondable, que ce toast rapide dit par cet homme massif : « Aux jours heureux ! »

Mme Ogden se tourna vers l'hôte, son sourire le plus langoureux aux lèvres : « Capitaine Forrester, je veux que vous racontiez à Constance » — native de l'Est de la Virginie, elle disait en fait : "Cap'taine Fooo' ster, j'veux qu' ou raaacontiez, etc.", ses voyelles paraissant rouler à la manière dont roulaient ses yeux — « je veux que vous racontiez à Constance comment vous avez découvert cet endroit ravissant, la première fois, dans le temps, à l'époque des Indiens. »

Le Capitaine glissa entre les candélabres un regard vers Mme Forrester, assise à l'autre extrémité de la table, comme pour recueillir son avis. Avec un sourire, elle hocha la tête, faisant osciller sur ses joues pâles ses magnifiques boucles d'oreilles. Elle portait ses diamants, ce soir-là, ainsi qu'une robe longue de velours noir. Son mari entretenait à l'égard des bijoux des idées quelque peu archaïques; pour lui, un homme les achetait à sa femme afin de traduire tout ce qu'il ne lui était pas possible de confesser avec élégance. Il fallait qu'ils coûtassent cher ; il fallait qu'ils pussent montrer qu'il en avait les moyens et qu'elle était digne de les porter.

Ayant reçu son accord, le Capitaine entama son histoire : le récit bref de la manière dont il était venu dans l'Ouest étant encore tout jeune, après avoir servi durant la guerre de Sécession, avait trouvé un emploi de conducteur dans une compagnie qui faisait le transport de marchandises à travers les plaines, de Nebraska City à Cherry Creek, ainsi que s'appelait Denver à l'époque. Les hommes du frêt, s'embarquant sur cet océan d'herbe d'une largeur de mille kilomètres, perdaient toute notion des jours de la semaine et du nom des mois. Chaque jour ressemblait au précédent, et tous étaient aussi merveilleux : gibier abondant, antilopes et bisons à foison, ciel ensoleillé à perte de vue, à perte de vue des plaines couvertes d'herbes mouvantes, longs lagons d'eau douce que jaunissaient les fleurs lacustres et où les bisons, au cours de leurs migrations périodiques, s'arrêtaient boire, se baigner, batifoler.

« Vie idéale pour un jeune homme », déclara le Capitaine. Un jour, alors que des crues lui avaient fait quitter la piste, il était parti à cheval explorer le sud et avait découvert un campement indien sur les rives de la Sweet Water, précisément sur la colline où s'élevait aujourd'hui sa maison. Il avait été, dit-il, « immensément séduit par les lieux » et avait résolu qu'un jour il y aurait sa demeure. Il avait coupé un jeune saule et planté l'épieu dans le sol pour marquer l'endroit où il désirait construire. Puis il s'en était allé et n'y était pas retourné pendant de longues années ; il participait alors à la pose de la première ligne de chemin de fer à traverser les plaines.

« Il y en avait à qui j'étais indispensable, dit-il. Il a fallu que je me batte contre la maladie, que j'assume mes responsabilités. Mais toutes ces années, je crois qu'il ne s'est pas passé un seul jour sans que je ne pense à la Sweet Water et à cette colline. Quand je suis venu ici, étant jeune, j'avais tout prévu dans ma tête, à peu près comme c'est aujourd'hui ; à quel endroit je creuserais mon puits, où je planterais mon bois et mon verger. Je voulais construire une maison où mes amis puissent venir, et avoir une épouse comme madame Forrester pour qu'ils aient envie de faire le voyage. Je ne cessais de me promettre qu'un jour j'y parviendrais. » Cette partie de son récit, le Capitaine la raconta sans gêne réelle, mais avec une certaine réserve, en choisissant lentement ses mots, cassant des noix entre ses doigts puissants d'un air absent pour faire un petit tas de quartiers à côté de son assiette. Ses amis comprirent qu'il faisait allusion à son premier mariage, à la pauvre épouse impotente qui jamais n'avait été heureuse et l'avait contraint à courber sans fin le dos à sa tâche.

« Alors que la situation était des plus décourageantes, poursuivit-il, je suis revenu ici un jour et j'ai acheté le terrain à la compagnie des chemins de fer. Ils ont accepté ma reconnaissance de dette. J'ai retrouvé mon piquet de saule — il avait pris racine, c'était devenu un arbre — et j'en ai planté trois autres pour marquer l'emplacement des coins de ma maison. Douze ans plus tard, madame Forrester est venue ici avec moi, peu de temps après notre mariage, et nous avons bâti notre maison. » Le Capitaine Forrester soufflait de temps à autre, mais la limpidité de son récit gardait l'attention de ses auditeurs en éveil. Une certaine façon qu'il avait de prononcer ses phrases nues et sans fard leur conférait la force des inscriptions gravées dans de la pierre.

Mme Forrester, à son bout de table, hochait vers lui la tête. « Et maintenant, confiez-nous votre vision de l'existence — c'est ici que ça se place », dit-elle avec un rire moqueur.

Le Capitaine toussa et prit un air embarrassé. « Je pensais passer là-dessus ce soir. Certains de nos invités m'ont déjà entendu en parler. »

« Mais non, mais non. C'est ce qui doit suivre votre histoire et s'il y en a parmi nous qui l'ont déjà entendue, qu'à cela ne tienne, nous pouvons très bien l'entendre encore. Continuez ! »

« Bon, eh bien, ma philosophie de l'existence, c'est que ce à quoi vous songez, ce que vous méditez jour après jour de faire, malgré vous pour ainsi dire — eh bien vous parviendrez toujours à l'accomplir. Enfin, d'une manière ou d'une autre, plus ou moins bien. À moins, évidemment, que vous ne soyez de ces gens qui n'arrivent jamais à rien dans la vie. Il y en a, vous savez. J'ai trop vécu dans les mines et dans les camps pour ne pas le savoir. » Il fit une pause, comme si, bien qu'il s'agît d'un chapitre trop obscur pour être exploré, il importait de lui faire place, de lui accorder un instant de considération muette. « Et vous, Constance et Niel, à moins que vous ne leur ressembliez, vous réaliserez tout pareil vos rêves les plus chers. »

« Oui, mais pourquoi ? C'est ça qui est intéressant », insista sa femme.

« Parce que, dit-il en abandonnant son air évasif et en parcourant l'assistance du regard, parce que quand on rêve de quelque chose à la manière dont je l'entends, on l'a déjà pratiquement réalisé. L'Ouest, tout notre Ouest grandiose, s'est créé à partir de rêves pareils : celui du fermier, celui du prospecteur, et de l'entrepreneur. C'est à force de rêves que nous avons fait traverser les montagnes au chemin de fer, tout comme c'est à force de rêver que ma demeure s'est élevée au bord de la Sweet Water. Toutes ces choses feront partie de la réalité quotidienne pour les générations qui viennent, mais pour nous… » Le Capitaine Forrester s'interrompit avec une espèce de grognement. Quelque chose de formidable venait de se mêler à sa voix, cette note solitaire de défi que l'on perçoit si souvent dans la voix des vieux Indiens.

Mme Ogden avait écouté son récit avec tellement de sympathie que Niel l'aima encore mieux qu'avant ; même Constance, pourtant si préoccupée, semblait lui avoir sans effort accordé son attention. Se levant de table le dessert achevé, tous s'en furent au salon dresser les tables à cartes. Le Capitaine jouait toujours aussi bien au whist. Sortant l'une de ses meilleures boîtes de cigares, il s'arrêta devant Mme Ogden et lui dit : « La fumée vous gêne-t-elle, madame Ogden ? » Comme elle lui répondait qu'il n'en était rien, il traversa la pièce en direction de Constance, qui parlait avec Ellinger, et lui demanda, sans se départir de la même courtoisie grave : « La fumée vous gêne-t-elle, Constance ? » Une demi-douzaine de femmes auraient-elles été présentes qu'il aurait sans doute posé à chacune la même question, dans des termes rigoureusement identiques. Répéter la même phrase ne lui coûtait pas. Qu'une expression répondît à ses besoins, et il ne voyait nulle raison d'en changer.

Mme Forrester et M. Ogden devaient jouer ensemble contre Mme Ogden et le Capitaine. « Constance, dit Mme Forrester en s'asseyant, tu veux bien jouer avec Niel ? J'ai entendu dire qu'il jouait très bien. »

Le petit nez de Mlle Ogden se retroussa brièvement, les lignes qui le cernaient se creusèrent et elle prit de nouveau son air blessé. Niel était certain qu'elle le détestait. Il n'allait certes pas se laisser abattre pour autant.

« Mademoiselle Ogden, dit-il, debout à côté de la chaise où il s'apprêtait à prendre place, en battant un paquet de cartes d'un air dégagé, mon oncle et moi avons l'habitude de jouer ensemble et vous avez sans doute celle de jouer avec monsieur Ellinger. Que penseriez-vous de cet arrangement ? »

Elle lui lança un regard vif et soupçonneux de sous ses cils jaunes et se laissa tomber dans un fauteuil sans même prendre la peine de lui répondre. Frank Ellinger revint de la salle à manger où il avait été goûter le cognac français du Capitaine, et s'installa dans le siège vide qui faisait face à Mlle Ogden. « Alors comme ça, nous jouons tous les deux, Connie ? Eh bien, c'est parfait ! » s'exclama-t-il en coupant le paquet que Niel poussait vers lui.

Peu de temps avant minuit, Black Tom ouvrit la porte et entra annoncer que le lait de poule était prêt. Les joueurs de cartes s'en furent dans la salle à manger où une jatte de punch, fumante, les attendait sur la table.

« Constance, dit le Capitaine Forrester, savez-vous chanter ? J'aime bien entendre une chanson du bon vieux temps au moment du lait de poule. »

« Je suis dééé-solée, Cap'taine Fooo'ster. Mais vrèèèment, je n'ai pas la moin-in-indre voix. »

Niel remarqua qu'à chaque fois qu'elle s'adressait au Capitaine, Constance forçait la voix, bien qu'il ne fût pas sourd du tout. À peine avait-elle exprimé ce refus qu'il s'interposa : « Mon oncle poussera volontiers une chanson, Monsieur, pour peu que vous l'en priiez. »

Le Juge Pommeroy, après s'être lissé l'argent des favoris et toussoté un peu, entama « Auld Lang Syne ». Les autres convives joignirent leur voix à la sienne, mais ils n'étaient pas arrivés au bout qu'un bruit sourd de roues traversant le pont les fit éclater de rire ; chacun s'empressa d'aller voir aux fenêtres arriver la carriole funéraire du Juge qui montait la colline à grandes embardées, une seule lanterne allumée. Mme Forrester envoya Tom porter à boire au conducteur. Pendant que Niel et son oncle enfilaient leur pardessus dans l'entrée, elle s'approcha d'eux et murmura d'une voix charmeuse au jeune homme : « Et tu n'oublieras pas, n'est-ce pas ? Demain à deux heures, tu viens ici. J'ai prévu une promenade en voiture et je tiens absolument à ce que tu distraies Constance à ma place. »

Niel se mordit la lèvre et baissa les yeux vers ceux de Mme Forrester, irrésistibles et rieurs. « C'est pour vous que je le ferai, mais c'est vraiment la seule raison », dit-il d'un ton menaçant.

« Oui, je comprends : pour moi ! Je porterai cela au crédit de ton compte. »

Le Juge et son neveu s'éloignèrent dans les soubresauts de leur chaloupe roulante. Les Ogden se retirèrent au premier, dans leur chambre. Mme Forrester alla aider le Capitaine à se débarrasser de sa redingote et la rangea pour lui. Depuis son accident, il fallait lui mettre plusieurs oreillers dans le dos, le soir, pour qu'il se tînt plus droit, et il dormait dans un lit de fer étroit, dans l'alcôve qui, auparavant, servait de cabinet de toilette à son épouse. Alors qu'il se dévêtait, sa respiration se fit lourde et hachée de soupirs, comme s'il était très fatigué. Ne parvenant pas à défaire ses boutons de chemise, il souffla sur ses doigts et essaya à nouveau. Sa femme vint à son aide et déboutonna rapidement le tout. Il ne la remercia pas de vive voix, mais se soumit à ses gestes avec reconnaissance.

Quand le lit de fer grinça sous sa lourde masse, elle lui cria de la grande chambre : « Bonne nuit, Monsieur Forrester », et tira les lourds rideaux qui fermaient l'alcôve. Elle enleva ses bagues et ses boucles d'oreilles, et commençait à délacer son bustier de velours noir quand, entendant un bruit de verre à l'extérieur, elle s'arrêta d'un coup. Remettant en place l'agrafe qui tenait l'épaulette de sa robe, elle s'en fut dans la salle à manger, maintenant faiblement éclairée par les charbons de la cheminée du salon. Frank Ellinger était debout près de la desserte, un verre à la main. Le cognac français des Forrester était vieux, et aussi lourd qu'un cordial.

« Fais attention, lui murmura-t-elle en s'approchant de lui, j'ai la nette impression qu'il y a quelqu'un sur l'escalier couvert. La porte est plus qu'entrebâillée. Ah, mais c'est que les chatons ont des griffes de nos jours ! Verse-m'en juste un peu. Merci. Je vais aller boire le mien à côté du feu. »

Il la suivit dans la pièce voisine où elle demeura debout à côté du foyer, à le regarder à la lueur des pâles flammes bleues qui couraient sur les charbons que l'on venait d'y mettre pour entretenir le feu.

« Tu as bu bien beaucoup de cognac, Frank », dit-elle en observant son visage mâle et congestionné.

« Pas trop. Je vais en avoir besoin... ce soir », rétorqua-t-il d'un air entendu.

Elle releva d'une main nerveuse la mèche de cheveux qui lui était tombée sur le front. « Pas ce soir. Ce matin. Va te coucher et dors aussi longtemps qu'il te plaira. Fais attention, j'ai entendu des bas de soie crisser dans l'escalier. Bonne nuit. » Elle posa la main sur la manche de sa jaquette ; ses doigts blancs collèrent au tissu noir comme des bouts de papier aux branches d'un aimant. Ce geste, aussi doux fût-il, parcourut l'homme des pieds à la tête. Ses larges épaules se soulevèrent sous une puissante inspiration. Il baissa les yeux vers elle.

Elle baissa les siens. « Bonne nuit », dit-elle faiblement. Comme elle se détournait vivement, la traîne de sa robe de velours se prit dans la jambe de son pantalon de drap qu'elle entraîna le temps d'une adhérence qui fit voler et crépiter des étincelles. Ils eurent tous deux un haut-le-corps. Ils demeurèrent debout à se regarder un instant avant qu'elle ne se glissât enfin au dehors. Ellinger resta à côté de la cheminée, les bras croisés étroitement sur sa poitrine, les lèvres serrées sur leur souple dessin, à fixer le feu d'un air renfrogné.

V

Niel monta sur la colline le lendemain après-midi, juste au moment où le traîneau tiré par les deux poneys noirs remontait l'allée circulaire dans un grand bruit de grelots et venait s'arrêter devant l'entrée. Mme Forrester sortit sur la véranda, habillée pour une promenade dans la neige. Ellinger la suivait, son long manteau doublé de fourrure boutonné haut, décoré sur le devant de brandebourgs voyants, avec un col d'astrakan lustré. Il avait l'air encore plus puissant et plus débordant de vigueur que la veille au soir. Son visage fortement coloré, protégé d'une bonne visière, brillait de la belle idée qu'il se faisait de lui-même et du monde.

Mme Forrester appela Niel d'une voix joyeuse. « Nous descendons à la Sweet Water couper des rameaux de cèdre pour Noël. Tu veux bien tenir compagnie à Constance ? Elle a l'air un peu déçue qu'on la laisse en plan, mais on ne peut pas prendre le grand traîneau, le timon est cassé. Sois gentil avec elle, n'est-ce pas ? Voilà, tu es un brave garçon ! » Elle lui serra la main, lui fit un sourire complice et entendu et monta dans le traîneau. Ellinger y bondit à sa suite, s'installa à côté d'elle et ils descendirent la colline en glissant au bruit joyeux des grelots.

Niel trouva Mlle Ogden dans le salon du fond, occupée à faire une réussite près du feu. Elle n'était manifestement pas de bonne humeur.

« Entrez, entrez, monsieur Herbert. Ils auraient tout de même pu nous emmener, vous ne pensez pas ? Je voudrais bien voir la rivière de mes yeux vu. J'ai horreur d'être enfermée à la maison comme ça ! »

« Eh bien, sortons dans ce cas. Cela vous ferait-il plaisir de visiter la ville ? »

Constance parut ne pas l'entendre. Elle ne cessait de plisser et de déplisser son petit nez court et les plis qui lui cernaient la bouche ne cessaient de voleter sans relâche. « Qu'est-ce qui nous empêche d'aller prendre un traîneau chez le loueur de chevaux et de descendre au bord de la Sweet Water ? Cette rivière n'est pas propriété privée, il me semble ? » Elle eut un petit rire nerveux et plein de colère et lança à Niel un regard d'espoir.

« Nous ne trouverions rien à cette heure-ci. Tous les équipages sont sortis », répondit-il fermement.

Constance le regarda d'un air soupçonneux,

puis se rassit à la table à cartes et y inclina le buste en rapprochant ses épaules potelées. Ses cheveux jaunes bouffants lui ceignaient la tête à la manière d'un foulard; d'étroits rubans de velours noir les maintenaient.

Les poneys venaient de traverser le second cours d'eau et trottinaient sur la grand-route en direction de la rivière. Mme Forrester exprima ses sentiments d'un rire malicieux. « Nous court-elle après ? Où a-t-elle pris l'idée qu'elle pourrait venir avec nous ? Quel soulagement de pouvoir prendre le large ! » Relevant le menton, elle huma l'air. C'était une journée grise, sans soleil, l'air était calme et sec, d'un froid tiède. « Pauvre monsieur Ogden, poursuivit-elle, il est tellement plus vivant quand ses dames ne sont pas là ! On dirait qu'elles l'éteignent. N'es-tu pas ravi de ne jamais t'être marié ? »

« Je suis en tout cas ravi de n'avoir jamais épousé une femme dénuée de charme. Comment un homme peut-il faire ça, de toute façon ? Elle n'avait pas d'argent, et lui en a toujours eu ou, du moins, il en a toujours eu à venir. »

« Enfin, ils s'en vont demain. Et Connie ! Tu l'as rendue complètement chèvre, à dire la vérité ! Quel après-midi Niel doit être en train de passer ! » Elle rit, comme si la perspective d'une telle épreuve l'enchantait.

« C'est qui, ce gosse, d'ailleurs ? » Ellinger lui demanda de prendre les rênes un instant, le temps d'extraire un cigare de sa poche. « Un peu raide, je trouve. Il se rend utile au moins ? »

« Oh, c'est un très gentil garçon. Il est tout perdu par ici, comme nous tous. Je vais le former, lui apprendre à se rendre très utile. Il est tout dévoué à madame Forrester. Plutôt joli garçon, tu ne trouves pas ? »

« Oh, pas mal. » Ils tournèrent sur une petite route qui serpentait le long de la Sweet Water. Ellinger retint légèrement les poneys et rabattit son haut col d'astrakan. « Laisse-moi un peu te regarder, Marian. »

Mme Forrester tenait son manchon devant son visage pour se protéger des cristaux de neige que les poneys faisaient voler vers elle. Dissimulée derrière cet écran, elle lui jeta un regard en coin. « Alors ? » dit-elle d'une voix taquine.

Il glissa son bras sous le sien et se laissa aller sur le siège du traîneau. « Tu devrais me regarder mieux que ça. Ça fait diablement longtemps que je ne t'ai pas vue. »

« Peut-être trop longtemps », murmura-t-elle. Les étincelles moqueuses qui brillaient dans ses yeux s'adoucissaient à vue d'œil sous la pression prolongée de son bras. « Oui, cela fait trop longtemps », avoua-t-elle d'un ton léger.

« Tu n'as pas répondu à la lettre que je t'ai envoyée le onze. »

« Ah bon ? Bah, de toute façon, j'ai répondu à

ton télégramme. » Elle recula la tête comme celle d'Ellinger se rapprochait. « Tu devrais surveiller les poneys, cher ami, ou ils vont nous envoyer dinguer dans la neige. »

« Je m'en moque. En fait j'aimerais bien ! dit-il, les dents serrées. Pourquoi n'as-tu pas répondu à ma lettre ? »

« Mais je ne me rappelle pas ! Tu ne m'en écris pas tant. »

« Je n'y trouve pas mon compte. Tu ne veux pas que je t'envoie de lettres d'amour. Trop risqué d'après toi. »

« C'est vrai, et c'est idiot en plus. Mais ce n'est plus la peine de faire si attention maintenant ! Pas trop attention en tout cas ! dit-elle avec un petit rire doux. Quand je me retrouve à la campagne tout un hiver, toute seule, et un peu plus vieille chaque jour, j'aime bien… — elle mit sa main sur la sienne — j'aime bien qu'on me rappelle des choses plus agréables. »

Ellinger retira son gant avec les dents. Ses yeux, alors qu'ils balayaient la route sinueuse et les talus bas couverts de neige, avaient quelque chose d'un loup.

« Fais attention, Frank, mes bagues ! Tu me fais mal ! »

« Alors pourquoi ne les as-tu pas retirées ? Tu le faisais dans le temps. Ce sont tes cèdres, là-bas ? Tu veux qu'on s'arrête ici ? »

« Non, pas ici. » Elle parlait à voix très basse. « Les plus beaux sont plus loin, dans une gorge profonde et sinueuse qui remonte dans les collines. »

Ellinger jeta un coup d'œil à son visage détourné, et le coin de ses lèvres épaisses s'anima d'un sourire nerveux. Le timbre de sa voix avait changé, et ce changement, il le reconnaissait. Ils escaladèrent les virages glissants de la route à grandes embardées, sans dire un mot. Mme Forrester était assise, la tête penchée en avant, le visage à demi dissimulé derrière son manchon. Enfin, elle lui dit de s'arrêter. À droite de la route, il vit un petit bois. Au-delà, un cours d'eau à sec serpentait dans les escarpements. Les sommets des cèdres sombres et immobiles, à peine visibles de la route, jalonnaient son parcours.

« Ne bouge pas, lui dit-il, le temps que je dételle les chevaux. »

Alors que les ombres bleues du crépuscule proche commençaient à s'étendre sur la neige, l'un des frères Blum, se frayant silencieusement un chemin dans les bois en quête de lapins, tomba sur le traîneau inoccupé dans les broussailles, près duquel les deux poneys piaffaient avec impatience là où ils étaient attachés. Adolph rebroussa précautionneusement chemin, rentra sous le couvert et s'allongea derrière un tronc pour attendre ce qui allait se passer. Il n'y avait guère que les intempéries pour introduire un peu d'animation dans sa vie.

Il entendit bientôt parler à voix basse, quelqu'un qui, venant de la gorge, s'approchait. Le grand inconnu qui était en visite chez les Forrester émergea, les houppelandes de buffle sur un bras; Mme Forrester était pendue à l'autre. Ils marchaient lentement, complètement absorbés par ce qu'ils étaient en train de se dire. Lorsqu'ils parvinrent au traîneau, l'homme étendit les houppelandes sur le siège et mit ses mains sous les bras de Mme Forrester pour l'y faire grimper. Mais il ne la souleva pas; il demeura ainsi un long moment, la tenant serrée contre sa poitrine, le visage enfoui dans son pardessus noir.

« Et ces satanés rameaux de cèdre ? demanda-t-il, l'ayant couverte de la houppelande après l'avoir juchée sur le siège. Tu veux que je retourne en couper quelques-uns ? »

« Ça n'a pas d'importance », murmura-t-elle.

Il tendit la main sous le siège pour y prendre une hachette et retourna dans la gorge. Mme Forrester demeura là, les yeux clos, la joue douillettement appuyée sur son manchon, un vague et doux sourire flottant sur les lèvres. L'air était calme et bleu; le petit Blum arrivait presque à l'entendre respirer. Quand les coups de hachette résonnèrent dans la gorge, il vit ses paupières cligner... et que de doux frissons lui parcouraient le corps.

L'homme revint et jeta les branches de résineux dans le traîneau. Lorsqu'il monta à côté d'elle, elle lui glissa la main sous le bras et se blottit contre lui. « Va doucement, murmura-t-elle, comme si elle parlait dans son sommeil. Peu importe que nous soyons en retard pour dîner. Rien n'a d'importance. » Les poneys s'éloignèrent au petit trot.

Le petit Blum, tout pâle, se leva de derrière son tronc et suivit les traces qui remontaient la gorge. Quand la lune orangée monta au-dessus des talus escarpés, il était toujours assis sous les cèdres, son fusil sur les genoux. Pendant que Mme Forrester était restée à attendre dans le traîneau, les yeux fermés, se croyant en parfaite sécurité, il aurait presque pu la toucher de la main. Jamais auparavant il ne l'avait vue à un moment où ses yeux moqueurs et sa vivacité ne s'interposaient pas entre elle et le monde extérieur. Et si ç'avait été Thad Grimes qui s'était trouvé là, derrière le vieux tronc, ou Pierre Loison ?

Mais, avec Adolph Blum, ses secrets ne risquaient pas d'être dévoilés. Il avait une forme d'esprit féodale ; les riches, ceux à qui souriait la fortune, étaient également des privilégiés. Ces gens au sang chaud et à l'haleine rapide risquaient leur chance, ils obéissaient à des instincts que ne pouvait que vaguement comprendre un jeune garçon qui restait mouillé toute l'année et dont la peau n'était jamais sans gerçures, qui pataugeait dans la boue en quête de poissons-chats, demeurait couché dans les marais à l'affût des canards sauvages. Mme Forrester n'avait jamais été si hautaine qu'elle ne lui sourît point lorsqu'il se présentait avec son poisson à la porte de service. Jamais elle ne discutait son prix. Elle le traitait en être humain. Les bavardages qu'ils échangeaient, son petit signe de tête et son sourire lorsqu'elle le croisait dans la rue, comptaient au nombre des choses les plus agréables dont il se souvînt. Elle lui achetait son gibier quand la chasse était fermée et jamais elle ne le dénonçait.

VI

C'est au cours de cet hiver-là, le premier que Mme Forrester passa dans la maison sur la colline, que Niel apprit à la bien connaître. Pour les Forrester, cet hiver fut une sorte d'isthme entre deux situations ; bientôt leur fortune allait subir des altérations. Quant à Niel, la saison constitua un tournant naturel : à l'automne il avait dix-neuf ans ; au printemps il en eut vingt. Énorme différence.

Les fêtes de Noël terminées, les parties de whist devinrent une habitude régulière. Trois soirs par semaine, le Juge Pommeroy et son neveu venaient jouer aux cartes avec les Forrester. Il arrivait qu'ils s'y rendissent plus tôt pour y dîner. Il arrivait aussi qu'ils s'attardassent pour souper, la dernière manche jouée. Niel, qui s'était si bien accommodé de sa vie de célibataire, et qui était résolu à ne jamais vivre en aucun lieu dominé par des femmes, s'aperçut, chez les Forrester, que lui devenaient chers les conforts d'une maison bien tenue, les plaisirs de la table, les fauteuils douillets et les voix de personnes agréables. Les nuits de vent aigre, installé dans son fauteuil bleu favori devant la cheminée, il se demandait souvent comment il allait pouvoir s'arracher à tout cela, replonger dans l'obscurité du dehors, descendre en courant la longue route gelée et remonter la rue morte de la bourgade. Le Capitaine Forrester faisait des expériences avec certaines variétés de plantes à bulbe, cet hiver-là, et il avait construit un petit jardin d'hiver vitré sur le flanc sud de la maison, derrière le salon du fond. Tout janvier et février, la maison fut emplie de narcisses et de jacinthes et leur lourd parfum printanier contribua à rendre le bien-être qu'il éprouvait près du feu plus séduisant encore.

Là où se trouvait Mme Forrester, Niel en était convaincu, l'ennui n'avait pas sa place. Le charme de sa conversation ne tenait pas tant à ce qu'elle disait, bien qu'elle fût souvent spirituelle, qu'à la vivacité de l'intelligence qui se lisait dans ses yeux et à ce que sa voix même pouvait avoir de vivant. Il était possible de parler avec elle des choses les plus triviales et de la quitter gonflé d'enthousiasme. Son secret, se disait-il, tenait sans doute à ce qu'elle ne pût s'empêcher de s'intéresser aux gens, même les plus ordinaires. Si M. Ogden ou M. Dalzell n'étaient pas là pour lui raconter leurs meilleures histoires, elle était parfaitement capable de s'amuser du récit des manières de ruffian de Pierre Loison, ou des compliments suaves que lui valait l'achat d'une paire de chaussures d'hiver chez le vieil Elliott. Elle avait, pour imiter les autres, un don fascinant. Lorsqu'elle parlait du glacier bedonnant, décrivait Thad Grimes s'activant à son étal de boucher, ou les frères Blum apportant leurs lapins morts, elle parvenait, en suggérant subtilement leurs manies, à les faire paraître encore plus singuliers et hauts en couleur qu'ils ne l'étaient au vrai. Elle faisait souvent devant les gens leur propre caricature, et nul n'en prenait ombrage, se sentant, tout au contraire, très flatté. Rien ne pouvait vous causer de plus grand plaisir que de la faire rire. Vous aviez alors le sentiment de bien vous entendre avec elle. C'était sa façon à elle de commenter vos propos, de tomber d'accord avec vous, de vous manifester son assentiment chaleureux lorsque vous disiez quelque chose d'intéressant, de vous dire, également, énormément de choses auxquelles les mots n'auraient pu suffire, étant d'une nature par trop directe ou trop indistincte.

C'est longtemps, longtemps après, à une époque où Niel ignorait si Mme Forrester était vivante ou morte, que son image lui revînt furtivement à la mémoire et c'était accompagnée de l'éclat de ses yeux noirs, de la vision des triangles pâles de ses joues où ballaient ses longs pendentifs, de l'arc-en-ciel de son rire. Aux temps mornes, lorsqu'il était las, et n'avait plus de goût à rien, il se disait qu'à entendre rire à nouveau cette dame depuis longtemps perdue, la gaieté lui reviendrait.

La plus grosse tempête de l'hiver fut tardive cette année-là ; elle vint balayer Sweet Water le premier jour de mars et martela la bourgade durant trois jours et trois nuits. Il tomba soixante-quinze centimètres de neige que la bise coupante accumula en congères tourbillonnantes. Les Forrester étaient bloqués par la neige. Ben Keezer, leur homme à tout faire, n'essaya pas de dégager un chemin ni de se rendre lui-même en ville. Le troisième jour, Niel alla au bureau de poste, y prit le sac de cuir empli d'une masse de courrier destiné au Capitaine et, traversant le cours d'eau, s'en fut chez lui, s'enfonçant dans les congères jusqu'à la ceinture et parfois même jusqu'aux aisselles. Les barrières qui bordaient l'allée étaient enfouies, mais il se fraya un chemin en se guidant sur la double rangée de peupliers. Quand il parvint enfin à la véranda, le Capitaine Forrester vint lui ouvrir la porte.

« Bien content de te voir, mon garçon, bien content, vraiment. Ç'a été un peu solitaire pour nous ici. Tu as dû te donner du mal pour parvenir jusqu'ici. Je t'en suis bien reconnaissant. Viens donc au salon te sécher un peu. On parlera tranquillement. Madame Forrester est montée s'étendre ; elle se plaignait de migraines. »

Niel resta debout devant le feu, avec ses bottes de caoutchouc, pour faire sécher son pantalon. Le Capitaine ne s'assit point ; il ouvrit la porte vitrée qui donnait sur son jardin d'hiver.

« J'ai quelque chose de joli à te montrer, Niel. Toutes mes jacinthes sont en train de sortir en même temps, et il y en a de toutes les couleurs. Je dois dire que les jacinthes romaines sont à madame Forrester. Elles lui conviennent parfaitement, de toute évidence. »

Niel se dirigea vers la porte et regarda avec un plaisir non dissimulé les fleurs fraîches aux teintes d'eau. « J'avais peur que vous ne les perdiez, avec ces froidures, Capitaine. »

« Non, ces plantes-là résistent très bien au froid. Elles nous ont tenu compagnie. » Debout à côté des vitrages, il contempla un instant les buissons enfouis sous la neige. Niel aimait bien le voir ainsi contempler son domaine. Son regard semblait dire qu'à se sentir chez lui tout homme croit vivre dans un palais. « Ben me dit que les lapins sont montés jusqu'à la grange pour venir manger le foin, vu que toute la verdure est enneigée. Il a fallu que j'aille leur jeter deux ou trois choux, pour qu'ils ne meurent pas de faim. Madame Forrester est sortie tous les jours sur la véranda pour donner à manger aux oiseaux », poursuivit-il, comme s'il se parlait à lui-même.

La porte de l'escalier s'ouvrit et Mme Forrester descendit, vêtue de son kimono japonais, l'air très pâle. Les cernes sombres qu'elle avait sous les yeux semblaient indiquer qu'elle avait souffert d'insomnies.

«Mais c'est Niel ! Comme c'est gentil à toi d'être venu. Et tu as apporté le courrier en plus. Y a-t-il des lettres pour moi ?»

«Trois. Deux de Denver et une de Californie.» Son mari les lui tendit. «As-tu réussi à dormir, Maidy ?»

«Non, mais je me suis reposée. C'est merveilleux dans la chambre ouest, le vent chante et siffle sous les rebords du toit. Maintenant, si vous voulez bien m'excuser, je vais aller m'habiller et jeter un coup d'œil à ces lettres. Rapproche-toi donc du feu, Niel. Es-tu vraiment très mouillé ?» Lorsqu'elle vint à côté de lui pour palper ses vêtements, il sentir une forte odeur d'alcool. Il se demanda si elle était malade ou simplement si elle s'ennuyait au point d'avoir voulu s'étourdir un peu.

Lorsqu'elle revint, elle s'était habillée et coiffée.

«Madame Forrester, lui dit le Capitaine, sur le ton de la requête, j'ai l'impression qu'un peu de thé et quelques toasts, à la manière de vos amies anglaises, me feraient plaisir cet après-midi, et qu'en plus cela serait excellent pour vos maux de tête. Nous n'offrirons rien d'autre à Niel.»

«Très bien. Mary est allée se coucher avec une rage de dents, mais je vais préparer du thé.

Niel n'aura qu'à faire griller du pain près du feu pendant que vous lirez votre journal. »

Elle était redevenue gaie; elle noua l'un des tabliers de Mary autour du cou de Niel et l'installa près de la cheminée, muni d'une fourchette à long manche. Il remarqua que le Capitaine, en lisant son journal, ne cessait de lorgner vers la desserte; il parut de fait ravi quand sa femme apporta un plateau avec une théière mais nulle bouteille de sherry. Il but trois tasses de thé et prit un second toast.

« Voyez-vous, monsieur Forrester, dit-elle d'un ton léger, Niel m'a redonné de l'appétit. Je n'ai pas déjeuné aujourd'hui, continua-t-elle en se tournant vers le jeune homme, voilà trop longtemps que je suis enfermée. Y a-t-il des choses intéressantes dans le journal ? »

Elle s'enquérait par là de nouvelles touchant les gens de leur connaissance. Le Capitaine remit ses lunettes cerclées d'argent et lui lut le compte rendu des activités de leurs amis de Denver, d'Omaha et de Kansas City. Mme Forrester était assise sur un tabouret au coin du feu, mangeant ses toasts, commentant avec humour les sujets traités dans ces paragraphes solennels : fiançailles de Mlle Erma Salton-Smith…

« Enfin, Dieu merci ! Tu te souviens d'elle, n'est-ce pas, Niel ? Elle est déjà venue ici. Je crois même me rappeler que tu as dansé avec elle. »

« Je ne pense pas. À quoi ressemble-t-elle ? »

« Elle correspond tout à fait à son nom. Tu ne t'en souviens pas ? Grande, très vive, des yeux étincelants, comme ceux du Vieux Marin ? »[1]

Niel éclata de rire. « Auriez-vous quelque chose contre les yeux qui brillent, madame Forrester ? »

« Pas chez les autres, non ! » Et elle joignit son rire au sien avec une gaieté telle que le Capitaine en jeta par-dessus son journal un regard empli de satisfaction. Il laissa retomber le journal sur ses genoux et les observa, assis tous deux à côté de la cheminée. Ils lui semblaient avoir le même âge. Il ne pouvait s'empêcher de penser que Mme Forrester était très, très jeune.

Elle remarqua qu'il avait interrompu sa lecture. « Voulez-vous que je vous allume la lampe, monsieur Forrester ? »

« Non, merci bien. Ce crépuscule est très agréable. »

Le soir était maintenant tombé. Ils entendirent Mary qui descendait les escaliers et commençait à s'agiter dans la cuisine. Le Capitaine, les pantoufles baignées par la lueur des flammes, ses lourdes épaules noyées dans l'obscurité, émettait des ronflements épisodiques. Les ténèbres envahissant progressivement la pièce, les fenêtres se muèrent en carrés de violet pâle et transparent et les volets cessèrent de battre. Le

1. *Le Dit du vieux Marin, The Rime of the Ancient Mariner,* est l'œuvre de Samuel T. Coleridge. (N.d.T.)

vent mourait avec le jour. Tout était calme, hormis aux moments où Mary la Bohémienne faisait bruyamment retentir une casserole. Mme Forrester, dans un murmure, confia à Niel qu'elle était de mauvaise humeur parce que son amoureux, Joe Pucelik, n'était pas venu la voir. Il venait d'ordinaire le dimanche soir et c'était dimanche que le blizzard avait commencé à souffler. « Dès qu'on la néglige, ses dents se mettent à la faire souffrir ! »

« Eh bien maintenant que je suis arrivé à passer, il va falloir qu'il vienne, ou alors elle va être furieuse. »

« Oh, ne t'inquiète pas, il viendra ! » Mme Forrester haussa les épaules. « J'ai beau être aveugle et sourde, je suis certaine qu'il est récompensé de ses efforts ! » Au bout de quelques instants, elle se leva. « Viens, murmura-t-elle, monsieur Forrester s'est endormi. Dévalons la colline au galop, il n'y a personne pour nous en empêcher. Je vais aller enfiler mes bottes de caoutchouc. Et ne proteste pas, je te prie ! » Elle se mit un doigt sur les lèvres. « Pas un mot ! Je ne peux plus supporter d'être enfermée dans cette maison. »

Ils se glissèrent en silence au dehors, dans l'air froid au goût de neige fraîche. Un arc translucide aux teintes roses et bleues se peignait sur l'occident, au-dessus de la petite ville enfouie sous la neige. Lorsqu'ils parvinrent au sommet du sein le plus rond de la colline, pratiquement dénudé par le vent, Mme Forrester s'immobilisa et respira profondement en contemplant, au-dessous d'elle, les prés jonchés de monticules de neige, les peupliers raides et bleus.

« Dieu, que c'est morne ! murmura-t-elle. Imagine qu'il nous faille rester encore ici tout l'hiver prochain… et le suivant ! Que vais-je devenir, Niel ? » Dans sa voix, il y avait de la peur, une indubitable épouvante. « Tu comprends, je ne peux rien faire ici. Je ne fais pas d'exercice. Je ne patine pas ; on ne pouvait pas faire de patin en Californie, et je n'ai plus assez de force dans les chevilles. J'ai toujours dansé, l'hiver ; il y avait constamment des bals à Colorado Springs. Tu ne peux pas imaginer à quel point cela me manque. Je danserai jusqu'à ce que j'aie quatre-vingts ans.… La grand-mère qui adore les valses ! Ça me fait vraiment du bien, c'est un véritable besoin. »

Ils s'enfoncèrent parmi les congères et ne s'arrêtèrent plus avant d'avoir atteint le pont de bois.

« Regarde, même la rivière est prise par les glaces ! Moi qui croyais que l'eau courante ne gelait jamais. Combien de temps cela va-t-il durer ? »

« Plus très longtemps maintenant. Dans un mois, vous verrez reverdir le marais et bientôt les prairies tout entières seront redevenues vertes. C'est merveilleux le printemps, ici. Et puis demain vous allez pouvoir sortir, madame Forrester. Les nuages sont moins épais. Regardez, la nouvelle lune ! »

Elle se retourna. « Zut, je l'ai regardée par-dessus la mauvaise épaule ! »

« Mais non. C'est par-dessus la mienne que vous l'avez vue. »

Elle poussa un soupir et lui prit le bras. « Mon cher petit, tu n'as pas les épaules assez larges. »

Lui apparut à l'instant même l'image d'épaules fort larges en effet, d'une largeur à vrai dire condamnable, vêtues d'un pardessus à brandebourgs et col d'astrakan. L'intrusion de cette tierce personne l'irrita alors qu'ils remontaient la colline d'un pas lent.

De façon assez curieuse, c'était en tant qu'épouse du Capitaine Forrester qu'elle intéressait le plus Niel, et c'était en raison des liens qui l'unissaient à son mari qu'il l'admirait le plus. Étant donné le reste de ses charmes, le fait qu'elle comprît si bien un homme tel que le constructeur de chemins de fer, la loyauté dont elle faisait preuve envers lui, imprimaient sur elle une marque à nulle autre pareille. C'était cela la classe, se disait-il ; quelque chose que ne pouvaient atteindre ni l'usure ni la décrépitude : un acier de Damas. Son admiration pour Mme Forrester se résumait à cela, de même, il en avait le sentiment, que c'était là son ultime secret. Il éprouvait un certain goût pour les histoires, fussent-elles marquées au coin du mépris, que l'on racontait sur l'existence insouciante qu'elle menait au Colorado, et les jeunes hommes qu'elle accrochait à ses basques chaque hiver. Il lui arrivait de songer à la vie qu'elle aurait pu mener depuis qu'il la connaissait, et à celle qu'elle avait choisie. C'était à cette disparité, à ses yeux, que son pouvoir de fascination devait ses piques les plus subtiles. Elle se moquait outrageusement des conventions qu'elle respectait, elle avait reçu en héritage la magie des contradictions.

VII

Les soirs où l'on ne jouait pas au whist chez les Forrester, Niel restait généralement à lire dans sa chambre — mais pas les ouvrages de droit qu'il était censé bûcher. L'hiver précédent, alors que les Forrester étaient absents et qu'une journée désolante ne promettait que de céder la place à la suivante, il avait découvert une abondante source de distraction, aux réserves presque inépuisables. La haute bibliothèque étroite du bureau du fond, coincée entre la double porte et le mur, était emplie du plafond au plancher de rangées de volumes d'aspect solennel à la reliure de toile sombre, ainsi séparés de la bibliothèque proprement juridique : il s'agissait de la collection presque complète des classiques Bohn que le Juge Pommeroy avait achetée bien longtemps auparavant, alors qu'il était étudiant à l'Université de Virginie. Il les avait apportés dans l'Ouest avec lui, non parce qu'il les fréquentait assidûment mais parce qu'à cette époque tout homme respectable possédait semblables ouvrages dans sa bibliothèque, comme il avait de bonnes bouteilles de bordeaux dans sa cave. Parmi ceux-là, se trouvaient les œuvres complètes de Byron en trois volumes et, l'hiver précédent, à propos d'une citation que Niel ne parvenait pas à identifier, son oncle lui avait conseillé de lire Byron — sauf *Don Juan*. Ce poème, avait alors remarqué le Juge avec un sourire prononcé, il pouvait « attendre encore un peu pour le lire ». Niel avait naturellement commencé par là. Puis il avait lu *Tom Jones* et *Wilhelm Meister*, poursuivant sa course jusqu'à ce qu'il eût abordé Montaigne et une traduction intégrale d'Ovide. Il n'avait pas encore terminé la lecture de ces deux derniers ouvrages et ne cessait d'y revenir après avoir tenté d'autres expériences. Ces auteurs lui semblaient savoir de quoi ils parlaient. Même *Don Juan* comportait des parties « un peu légères », mais l'œuvre de ces deux messieurs n'en recélait aucune.

Certaines œuvres philosophiques figuraient dans la collection, mais il ne fit guère qu'en ouvrir quelques-unes pour y jeter un coup d'œil. Il n'éprouvait aucune curiosité pour ce que pensaient les autres hommes mais, pour ce qu'ils avaient ressenti et vécu, sa fringale était insatiable. Si on lui avait dit qu'il s'agissait de classiques et qu'ils représentaient la sagesse cumulée des siècles, il ne les aurait sans aucun doute pas même ouverts. Mais depuis le jour où il les avait découverts par lui-même, il vivait comme une double vie, riche de ses plaisirs coupables. Il ne cessait de lire et de relire les *Héroïdes*[1], et trouvait que c'était là les plus merveilleuses histoires d'amour qui eussent jamais été contées. Il ne voyait pas dans ces livres des objets destinés à combler une heure de désœuvrement, mais des êtres vivants, surpris dans l'acte même de vivre, sous le masque trompeur et sévère des formes et des phrases. Il tendait ainsi une oreille indiscrète en direction du passé, était reçu dans le monde somptueux qui s'était immergé dans les richesses de l'existence, avait jeté ses feux et magnifiquement péché bien avant que quiconque eût pu s'imaginer les petites villes de l'Ouest américain. Ces soirées enchanteresses à la lumière de sa lampe lui avaient donné une perspective sur les choses, avaient modifié l'idée qu'il se faisait des gens qui l'entouraient, lui avaient fait comprendre, enfin, ce qu'il voulait que fussent les rapports qu'il entretiendrait avec eux. Pour une raison ou pour une autre, ses lectures lui donnèrent envie de devenir architecte. Si le Juge avait abandonné sa Bibliothèque Bohn en quittant le Kentucky, peut-être la vie de son neveu en eût-elle été tout autre.

1. Œuvre d'Ovide : recueil de lettres d'amour écrites à leurs amants par les héroïnes de la mythologie. (N.d.T.)

Enfin vint le printemps et jamais la demeure des Forrester n'avait été aussi resplendissante. Le Capitaine passait de longues journées de bonheur au milieu de ses arbustes en fleurs et sa femme, toujours, disait aux visiteurs : « Mais oui, bien sûr que vous pouvez voir monsieur Forrester. Attendez un peu, j'envoie le jardinier anglais le chercher. »

Aux premiers jours de juin, alors que les roses du Capitaine commençaient de s'épanouir, ses travaux plaisants furent interrompus. Un télégramme alarmant lui arriva un matin. Il l'ouvrit avec son sécateur, rentra à la maison et demanda à sa femme de faire appeler le Juge Pommeroy. Une banque de dépôts dans laquelle il avait des intérêts importants venait de faire faillite à Denver. Le soir-même, le Capitaine prit l'express en direction de l'ouest, en compagnie de son avocat. Le Juge, alors qu'il donnait à Niel ses dernières instructions pour s'occuper de l'étude pendant son absence, lui confia qu'il craignait que le Capitaine ne perdît des sommes importantes.

Mme Forrester ne paraissait pas consciente d'un quelconque danger ; elle alla à la gare accompagner son mari, parla de son voyage comme d'un simple « voyage d'affaires ». Niel, néanmoins, avait de sombres pressentiments. Il redoutait qu'elle ne fût plongée dans la pauvreté. Elle faisait partie de ces gens qui ne devraient jamais manquer d'argent ; toute amputation de leur généreux mode de vie lui serait cruelle, manquerait aux convenances. Qu'elle sombrât dans le besoin et elle ne serait plus elle-même.

Niel prenait ses repas à l'hôtel de la ville ; le troisième jour qui suivit le départ du Capitaine Forrester, il eut la mauvaise surprise de trouver le nom de Frank Ellinger sur le registre de l'hôtel. Ellinger ne parut pas à l'heure du dîner, signe évident qu'il dînait avec Mme Forrester et que cette dame elle-même lui avait préparé ce repas. Elle avait saisi l'occasion de cette absence du Capitaine pour autoriser Mary la Bohémienne à rentrer dans sa ferme une semaine entière pour aller rendre visite à sa mère. Niel trouva de mauvais goût qu'Ellinger fût ainsi venu à Sweet Water alors que le Capitaine Forrester n'était pas là. Il devait savoir que sa visite ne manquerait pas de faire naître plus d'une rumeur.

Niel, qui avait eu l'intention d'aller voir Mme Forrester ce soir-là, rentra donc au bureau. Il lut jusqu'à une heure avancée et, après s'être couché, dormit d'un sommeil léger. Il fut réveillé avant l'aube par le halètement d'une locomotive haut le pied qui manœuvrait à la plaque tournante. Il essaya de se calfeutrer les oreilles en se dissimulant sous le drap pour pouvoir se rendormir mais, pour une raison mystérieuse, le bruit de la vapeur qui s'échappait l'excitait trop pour cela. Il ne parvenait pas à chasser de son esprit l'idée qu'on était en été et que bientôt l'aube se répandrait en glorieux flamboiements sur le marais des Forrester. Il s'était éveillé avec ce sentiment soudain, intense et joyeux de l'été qui, parfois, vient aux enfants allongés dans leur lit. Il se leva et s'habilla en hâte. Il franchirait la colline avant que Frank Ellinger pût imposer son inopportune présence, pendant qu'il dormait encore dans la meilleure chambre de l'hôtel Wimbleton.

Un élan de sentiments affectueux et protecteurs fit progresser Niel le long de la route bordée de peupliers dans la lumière du petit matin ; il ne s'approcha cependant pas de la maison elle-même, prenant plutôt au deuxième pont le raccourci qui le mènerait à travers prés au marais. Le ciel dardait des feux roses et argentés d'une aube d'été sans nuage. Les lourdes herbes courbées l'éclaboussaient jusqu'au genou. Sur tout le marais, l'épurge, perlée de rosée, tendait de frais draps d'argent, et l'asclépiade lacustre répandait ses bouquets plats couleur de framboise. Une pureté quasi religieuse pénétrait l'air frais du matin, le ciel tendre, l'herbe et les fleurs rendues lisses et brillantes par la rosée des premières heures du jour. Quelque chose de limpide et de joyeux envahissait tout ce qui vivait, comparable à l'appel humide et matinal des oiseaux qui s'élevaient à tire-d'aile vers les cieux immaculés. Surgissant du safran de l'orient, un petit soleil pâle, jaune et vineux, commença à dorer les prairies odorantes et les sommets luisants du bois.

Niel se demanda pourquoi il ne venait pas plus souvent là, afin de voir le jour avant que les hommes et leurs travaux ne vinssent le souiller, alors que le matin était encore sans tache, pareil à un présent offert à travers les siècles par des temps héroïques.

Sous les talus qui surplombaient le marais, il tomba sur des buissons de roses sauvages aux boutons flamboyants, qui commençaient à s'entrouvrir. Les pétales de celles qui étaient épanouies étaient tachés de cette ardente couleur de rose qui a disparu venu midi, une teinte composée de soleil, de matin et d'humidité, d'une intensité si rare qu'elle ne peut durer... et doit disparaître, à l'instar d'une extase. Niel sortit son couteau et se mit à couper les tiges rigides, tout hérissées d'épines rouges.

Il allait composer un bouquet pour cette dame merveilleuse, cueilli sur les joues du matin... un bouquet de ces roses, encore à peine éveillées, et aussi vulnérables que l'extrême beauté. Il les laisserait à l'extérieur de l'une des portes-fenêtres de sa chambre. Lorsqu'elle ouvrirait ses volets pour laisser pénétrer la lumière, elle les découvrirait ; et peut-être alors lui causeraient-elles un soudain dégoût pour les mondains mal dégrossis du genre de Frank Ellinger.

Après avoir lié ses fleurs d'un brin d'herbe volé au pré, il remonta la colline à travers bois et contourna tout doucement la maison silencieuse pour se retrouver au nord de la chambre de Mme

Forrester, dont les volets verts semblables à des portes étaient clos. Alors qu'il se penchait pour déposer les fleurs sur le seuil, il entendit, à l'intérieur, le rire doux d'une femme, un rire impatient, indulgent, taquin, brûlant de désir. Puis un autre rire, tout à fait différent, un rire d'homme. Dans celui-ci, quelque chose de gras et de nonchalant, qui s'épuisa en une manière de bâillement.

Niel se retrouva au pied de la colline, sur le pont de bois, le visage bouillant, le sang battant à ses tempes, les yeux aveuglés par la colère. Il avait toujours à la main le bouquet piquant de roses sauvages. Il les jeta par-dessus la clôture dans un trou boueux que le bétail avait creusé en contrebas de la berge. Il ne savait plus s'il était parti de la maison par l'allée ou s'il avait traversé les broussailles. Entre l'instant où il s'était incliné vers le seuil et celui où il s'était relevé, il avait perdu l'une des plus belles choses de sa vie. Avant même qu'eût séché la rosée, sa matinée était en ruines, ainsi, se dit-il avec amertume, que toutes celles qui suivraient. Ce jour vit la fin de l'admiration et de la loyauté qui avaient fait s'éclore comme une fleur superbe dans son existence. Jamais il ne parviendrait à la retrouver. Elle s'en était allée, avec la fraîcheur matinale des autres fleurs.

« *Les lys qui se corrompent*, marmonna-t-il, *les lys qui se corrompent puent plus fort que l'ivraie.* »

La grâce, les facettes d'un charme, une voix merveilleuse, l'étincelle de joie et de fantaisie de ces yeux noirs : tout cela n'était rien. Ce n'était pas tant qu'elle eût offensé des convenances morales : c'était un idéal esthétique qu'elle avait ainsi trahi. Les femmes de grande beauté, celles dont la beauté signifiait plus qu'elle n'avouait, était-il donc vrai que leur éclat se nourrit toujours de quelque chose de grossier et de caché ? Était-ce là leur secret ?

VIII

Niel alla chercher son oncle et le Capitaine Forrester, lorsqu'ils arrivèrent par le train du matin, et les conduisit à la maison. Il ne fut pas question de l'affaire qui les avait fait se rendre à Denver avant qu'ils fussent assis dans le grand salon en compagnie de Mme Forrester. Les fenêtres étaient ouvertes et la fragrance des seringas et des roses de juin leur parvenait du jardin. Le Capitaine Forrester aborda le sujet après avoir lentement déplié son mouchoir et s'être essuyé le front ainsi que les plis de son cou qui saillaient sur son col bas.

« Maidy, dit-il sans la regarder, c'est en homme pauvre que je vous reviens. Il a fallu mettre tout ce qu'il nous restait pour régulariser la situation. Il vous restera cette maison, libre de toute hypothèque, et puis ma pension ; voilà à peu près tout. Le bétail devrait aussi rapporter un peu. »

Niel vit Mme Forrester devenir très pâle, mais

elle sourit et rapprocha de son mari son guéridon à cigares. « Eh bien, que voulez-vous ! Je suppose que nous y arriverons bien tout de même, n'est-ce pas ? »

« Tout juste. Guère mieux. J'ai peur que monsieur le Juge ne pense que je me suis conduit bêtement. »

« Mais pas du tout, madame Forrester, s'exclama le Juge. Il a agi exactement comme je l'aurais fait à sa place. Mais moi je ne suis pas marié. Il y avait certes des obligations et des bons d'Etat que le Capitaine Forrester aurait pu mettre à votre nom, mais ç'aurait été agir au détriment des détenteurs de comptes. »

« Je connais des gens qui ont fait comme cela, dit gravement le Capitaine, mais je n'ai jamais considéré qu'ils faisaient ainsi preuve de courtoisie envers leur épouse. Pour peu que madame Forrester trouve que j'ai bien fait, je ne regretterai jamais d'avoir agi ainsi. » Pour la première fois, ses yeux fatigués et gonflés cherchèrent le regard de sa femme.

« Je ne discute jamais vos décisions professionnelles, monsieur Forrester. Je ne connais rien à ces choses. »

Le Capitaine reposa le cigare qu'il avait pris sans l'allumer, se leva péniblement et s'approcha de la baie où il demeura debout à contempler ses prairies. « La propriété est vraiment très belle, Maidy, dit-il au bout d'un moment. Je vois que vous avez arrosé les roses. Elles en ont bien besoin par ce temps. Et maintenant, si vous voulez bien m'excuser, je vais aller m'étendre un peu. Je n'ai pas bien dormi dans le train. Niel et monsieur le Juge seront des nôtres pour le déjeuner. » Il ouvrit la porte qui donnait sur la chambre de Mme Forrester et la referma derrière lui.

Le Juge Pommeroy entreprit d'expliquer à Mme Forrester la situation à laquelle ils s'étaient trouvés confrontés à Denver. La banque, dont Mme Forrester ne connaissait guère que le nom, était un établissement qui rémunérait bien les petits dépôts. Ces comptes étaient ceux de salariés : employés du chemin de fer, mécaniciens, journaliers, dont bon nombre avaient un jour ou l'autre travaillé pour le Capitaine Forrester. Son nom était le plus connu de tous ceux des responsables de la banque ; il était, aux yeux de ses anciens ouvriers et de leurs amis, garant d'une sécurité et d'une équité réelles. Les autres membres du conseil d'administration étaient de jeunes hommes d'affaires promis à un brillant avenir et qui avaient plus d'un fer au feu.

Cependant, le Juge en fit l'aveu non sans un chagrin évident, tous s'étaient refusés à monter en ligne pour combler les pertes, en hommes d'honneur. Ils avaient prétendu que la banque n'était plus solvable, non en raison d'investissements peu judicieux ou d'une gestion déficiente, mais parce qu'avait lieu une panique financière d'ampleur nationale, entraînant une baisse spectaculaire des valeurs que nul n'aurait pu prévoir. Ils avaient argué que justice voulait que les pertes fussent partagées avec les titulaires de comptes, qu'il leur revînt cinquante cents sur chaque dollar de dépôt, et qu'on leur accordât des à-valoir de vingt-cinq pour cent tout en les remboursant sur la base de soixante-quinze pour cent de leurs avoirs réels.

Le Capitaine Forrester n'avait pas démordu de sa position : nul titulaire d'un compte ne devrait perdre un seul de ses dollars. Les jeunes hommes d'affaires prometteurs l'avaient respectueusement écouté pour lui faire savoir, au bout du compte, qu'ils n'envisageaient un règlement que sur la base de leurs propositions, tout remboursement supplémentaire lui revenant. Il avait alors envoyé chercher sa cassette personnelle dans la salle des coffres, l'avait ouverte en leur présence et en avait trié le contenu sur la table. Il avait immédiatement rendu les bons d'Etat. Le Juge Pommeroy avait été envoyé vendre les actions minières et les autres obligations au marché libre.

Arrivé à ce point de son récit, le Juge se leva et commença d'arpenter le plancher, en tortillant les pendentifs de sa chaîne de montre. « C'était la seule chose que pût faire un homme d'honneur, madame Forrester. Avec cinq directeurs qui se dérobaient, il n'avait plus le choix qu'entre perdre et sauver sa réputation. Les gens avaient placé leurs économies dans cette banque parce que le Capitaine Forrester en était le président. Aux yeux de ces hommes, nantis du seul capital de leurs épaules et de leurs mains, son nom équivalait à la sécurité. Comme il a essayé de l'expliquer aux directeurs, ces comptes n'avaient pas de prix : c'était de l'argent économisé pour acquérir une maison, pour pouvoir faire face à la maladie, envoyer un fils à l'école. Et tous ces jeunes gens, tous ces garçons intelligents, dont la collectivité pense le plus grand bien, se sont contentés de rester assis là, à esquiver son regard en laissant votre mari se dépouiller de tout, jusqu'à gager son assurance-vie ! Il y avait une foule énorme dans la rue, devant la banque ce jour-là, tous les jours d'ailleurs : des Polonais, des Suédois, des Mexicains, parfaitement épouvantés. Un grand nombre d'entre eux ne savaient pas parler anglais — on aurait dit que le seul mot qu'ils connaissaient était “Forrester”. À chaque fois que nous entrions dans la banque ou en ressortions, c'était pour entendre les Mexicains dire “Forrester”, “Forrester”. Cela m'a été bien cruel, Madame, songeant à vous, de voir le Capitaine se dépouiller ainsi. Mais, j'vous jure, j'ai pas pu l'en empêcher. Quant à ces salopards de foies-blancs qu'étaient assis là... — le Juge s'arrêta à ces mots devant Mme Forrester et ébouriffa des deux mains sa touffe de cheveux blancs — devant Dieu, Madame, je trouve qu'ils sont sur terre depuis trop longtemps ! De mon temps, la différence entre un homme d'affaires et une canaille était plus importante qu'entre un homme blanc et un nègre. Je n'étais pas l'homme qu'il fallait pour accompagner le Capitaine là-bas et lui servir de conseil juridique. À la rigueur une de ces anguilles du barreau, quelqu'un dans le genre de ce que Pierre Loison s'apprête à devenir, aurait pu vous sauver quelque chose de ce naufrage. Mais je n'ai pas pu user de mon influence auprès de votre mari. Pour cette foule qui était là, à l'extérieur de la banque, son nom valait une centaine de *cents* au dollar, et par Dieu, c'est ça qu'ils ont eu ! Je suis fier de lui, Madame, fier de faire partie de ses relations ! »

C'était la première fois que Niel voyait Mme Forrester rougir. Une roseur vive lui envahit les traits. Ses yeux brillaient d'humidité. « Vous avez eu parfaitement raison, monsieur le Juge. Pour tout l'or du monde, je n'aurais pas souhaité qu'il se comportât différemment par égard pour moi. Il n'aurait plus jamais pu aller la tête droite. Car je le connais bien, voyez-vous. » À ces mots, elle regarda Niel, à l'autre bout de la pièce, et ce regard fut comme un reproche délicat et plein de dignité pour quelque manquement à la courtoisie, bien qu'il n'eût pas l'impression d'en avoir été coupable à son endroit.

Quand leur hôtesse sortit s'enquérir du déjeuner, le Juge Pommeroy se tourna vers son neveu. « Fils, je suis bien content que tu veuilles devenir architecte. Je ne vois pas comment un avocat peut faire une carrière honorable dans ce nouveau monde des affaires que nous voyons naître. Laisse donc le droit à des garçons comme Pierre Loison, et embrasse une profession correcte. Je n'étais pas celui qui aurait dû accompagner Forrester. » Et il secoua tristement la tête.

« Vont-ils être réellement pauvres, désormais ? »

« Ils ne vont pas être à l'aise. La situation est exactement celle qu'il a dite ; il ne leur reste que cette propriété. »

Mme Forrester revint et s'en fut réveiller son mari pour le déjeuner. Lorsqu'elle ouvrit la porte de sa chambre, le bruit d'une respiration stertoreuse leur parvint et elle leur cria de venir vite. Le Capitaine était allongé sur son lit de fer dans l'antichambre et Mme Forrester s'efforçait de lui redresser la tête.

« Vite, Niel, dit-elle, haletante. Il faut que nous arrivions à lui glisser des coussins sous la tête. Prends ceux qui sont sur mon lit. »

Niel la repoussa doucement. La sueur lui coulait sur le visage tandis qu'il mettait toute sa force à soulever les épaules du Capitaine. C'était comme de soulever un éléphant blessé. Le Juge Pommeroy regagna en hâte le salon et téléphona au Dr. Dennison pour lui dire que le Capitaine Forrester venait d'avoir une attaque.

Ce n'était pas une attaque qui pouvait suffire à achever un homme comme Daniel Forrester. Il garda le lit trois semaines et Niel aida Mme Forrester et Ben Keezer à s'occuper de lui. Bien qu'il se trouvât souvent dans la maison au cours de cette période, il ne vit jamais Mme Forrester seule ; il ne la vit, à dire vrai, pratiquement pas. Un si grand nombre de choses requéraient son attention qu'elle se fit plus absente, et comme impersonnelle. Il y avait un abondant courrier auquel il fallait répondre, des remerciements à envoyer à tous ceux qui leur adressaient paniers de fruits, bouteilles de vin et bouquets de fleurs. Des lettres d'amis, éparpillés dans tout le pays compris entre le Missouri et les montagnes, s'inquiétaient de la situation. Quand Mme Forrester n'était pas dans la chambre du Capitaine, ou dans la cuisine à lui préparer des plats spéciaux, elle était à son bureau.

Un matin qu'elle s'y trouvait installée, un éminent visiteur arriva. Niel, qui attendait près de la porte les lettres qu'il devait aller porter à la poste, vit un homme corpulent aux favoris roux, vêtu d'un costume de pongée froissé, un panama sur la tête, escalader la colline. C'était Cyrus Dalzell, le président de la Colorado & Utah, venu par le train, dans sa voiture particulière, s'enquérir de la santé de son vieil ami. Niel avertit Mme Forrester qui s'en fut à la rencontre du visiteur, juste au moment où il gravissait les marches en s'essuyant le visage avec un foulard de soie rouge.

Il prit les deux mains de la dame dans les

siennes et s'exclama, d'une voix chaleureuse et profonde: «Et la voilà, fraîche comme une jeune mariée! Puis-je revendiquer un ancien privilège?» Et, s'inclinant, il l'embrassa. «Je n'ai pas l'intention de vous encombrer, Marian, dit-il en entrant dans la maison, mais il fallait absolument que je vienne me rendre compte par moi-même, que je sache comment il va, et comment vous allez.»

M. Dalzell serra la main de Niel et, tout en parlant, se mit à déambuler dans le salon d'un pas gauche et coulé à la fois, à la manière d'un ours brun. Mme Forrester l'arrêta un instant, le temps d'ajuster sa large cravate jaune et de lisser le dos de son veston froissé. «On voit bien que Kitty n'était pas là ce matin quand vous vous êtes habillé», dit-elle en riant.

«Merci, ma chère, merci bien. J'ai un major-dome qui est tout nouveau dans le métier, là-bas, et il n'a apparemment pas encore tout à fait conscience de la nature de ses devoirs. Non, Kitty voulait venir aussi, mais nous avons deux écervelées de nièces qui sont venues nous voir de Portsmouth et elle s'est dit que ça n'était pas possible. Alors j'ai fait atteler ma voiture à la queue de l'express de la Burlington et je suis venu tout seul. Et maintenant, parlez-moi de Daniel. C'était une attaque?»

Mme Forrester s'assit à côté de lui sur le divan et lui parla de la maladie de son mari, cependant que, lui coupant la parole, il lui posait question sur question, interjectant ses commentaires et ses condoléances en lui prenant la main entre ses grandes paumes douces pour la tapoter avec affection.

« Bon, eh bien maintenant, je vais pouvoir rentrer dire à Kitty qu'il sera bientôt comme neuf et que vous, vous semblez vous préparer à aller ce soir ouvrir le bal. Glissez donc discrètement à Daniel que j'ai une ou deux caisses de porto dans ma voiture qui vont nous le remettre plus vite que ce que les docteurs peuvent lui faire avaler. Et puis j'ai apporté une douzaine de bouteilles de sherry, à l'intention d'une dame de ma connaissance qui sait une chose ou deux sur les bons vins. Et puis l'hiver prochain vous allez venir tous les deux passer un moment avec nous à Colorado Springs, histoire de changer d'air. »

Mme Forrester secoua doucement la tête. « Oh, pour ça, j'ai bien peur qu'il ne puisse s'agir que d'un beau rêve. Enfin, il ne nous est pas interdit de rêver ! » Elle avait repris tout son éclat depuis que Cyrus Dalzell avait gravi la colline. Même ses longs pendentifs de grenat, sur ses joues, semblaient briller d'un éclat plus riche : Niel s'en fit la remarque. Ce n'était plus la même femme que celle qui avait été assise à écrire à son bureau une heure auparavant. Ses doigts, qui jouaient sur la manche du veston de pongée, avaient la légèreté et la gracieuse animation des ailes d'un papillon.

« Mais non, ma chère, tout ça n'a rien d'un

rêve. Kitty a tout arrangé. Vous savez comme elle est prompte à organiser les choses. Je viendrai vous chercher avec ma voiture. Nous ferons de Jim, mon vieux majordome, un excellent valet pour Daniel et pour vous, vous n'aurez qu'à vous amuser et nous redonner un peu de vie. Nous avons bien constaté l'hiver dernier qu'il nous était impossible de faire quoi que ce soit sans notre Lady Forrester. Nous étions privés de sa présence et tout est allé de travers. Que nous organisions une petite fête, par exemple, et après coup nous nous asseyions pour nous demander pourquoi diable nous avions pu l'organiser. Ah non alors, impossible de nous passer de vous ! »

Des pleurs brillèrent soudain dans ses yeux. « Comme c'est gentil à vous. C'est bien agréable de savoir qu'on se souvient ainsi de vous lorsque vous n'êtes pas là. » Et dans sa voix, il y avait cette douceur à fendre le cœur que l'on perçoit parfois dans les très belles et très douces chansons du temps passé.

IX

Au bout de trois semaines, le Capitaine vaquait de nouveau à ses occupations. Il traînait un peu la jambe gauche et les gestes de son bras droit n'étaient plus aussi assurés. Bien qu'il eût retrouvé la parole, il s'exprimait de manière un peu pâteuse et indistincte ; il y avait des mots qu'il n'arrivait pas à prononcer convenablement, qu'il disait en trébuchant, ou en mangeant une syllabe. Il évita donc de parler, plus encore qu'il ne lui était coutumier. Le docteur dit qu'à moins d'une nouvelle lésion cérébrale, il pourrait parfaitement vivre encore quelques années.

Au mois d'août, Niel devait partir pour Boston pour se préparer à ses examens d'entrée au Massachusetts Institute of Technology où il avait l'intention de faire ses études d'architecture. Il remit ses adieux aux Forrester jusqu'à la veille même de son départ. Sa dernière visite ne ressembla en rien à celles qu'il leur avait rendues auparavant. Déjà ils se comportaient envers lui comme envers un jeune homme. Il s'assit, un peu raide, dans ce salon où il s'était toujours tellement senti chez lui. Le Capitaine était dans son grand fauteuil à côté de la baie, baigné par l'ardent rougeoiement du soleil de l'après-midi, avare de ses paroles mais très cordial néanmoins. Mme Forrester, installée sur le divan dans le coin sombre de la pièce, parlait à Niel de ses projets et de son voyage.

« Est-il vrai que Mary va épouser Pucelik cet automne ? lui demanda-t-il. Et qui donc va vous aider maintenant ? »

« Personne pour le moment. Ben se chargera de tout ce que je ne peux pas faire. Ne t'en fais pas pour nous. Nous allons passer un hiver bien tranquille, comme un vieux couple de gens de la campagne ; c'est ce que nous sommes après tout ! » dit-elle d'un ton badin.

Niel savait qu'elle envisageait l'hiver à venir avec terreur, mais jamais il ne l'avait vue plus sûre d'elle-même ni plus maîtresse des lieux dont elle s'apprêtait à devenir la domestique. Il eut le sentiment — un sentiment qu'il n'avait jamais éprouvé jusqu'alors — que sa légèreté de ton lui coûtait.

« Ne nous oublie pas, mais ne vas pas geindre non plus. Fais-toi des tas de nouveaux amis. Tu n'auras plus jamais vingt ans. Emmène donc une danseuse à dîner — et jolie, hein ? Ne te fais pas de souci pour l'argent. Si tu étais vraiment gêné, on arriverait toujours bien à t'envoyer un petit chèque en secours, n'est-ce pas monsieur Forrester ? »

Le Capitaine souffla un peu, l'air amusé. « Je crois bien que oui, Niel, je crois bien. Ne te lève pas mon garçon. Il faut que tu restes dîner avec nous. »

Niel répondit que cela lui était impossible. Ses bagages n'étaient pas prêts et il prenait le premier train du matin.

« Alors il faut que nous buvions quelque chose ensemble avant que tu ne t'en ailles. » Le Capitaine Forrester se leva péniblement, en prenant appui sur sa canne, et alla dans la salle à manger. Il en rapporta la carafe et emplit cérémonieusement trois verres. Levant le sien, il fit, comme toujours, une pause et, clignant de l'œil, s'exclama :

« Aux jours heureux ! »

« Aux jours heureux ! lui répondit en écho Mme Forrester avec son plus beau sourire, et tous nos vœux de réussite à Niel ! »

Le Capitaine et sa femme le raccompagnèrent à la porte et ils demeurèrent un instant debout sur la véranda, là où, si souvent, il les avait vu souhaiter bonne route à leurs invités. Il descendit la colline ému et heureux. Alors qu'il traversait le pont, son humeur s'assombrit soudain. Les frissons froids du doute le guetteraient-ils toujours ainsi, là, dans ce trou boueux où un matin il avait jeté ses roses ?

Il brûlait de lui poser une question, une seule,

pour lui arracher la vérité et rendre ainsi la paix à son esprit tourmenté : que faisait-elle de son exquise personnalité lorsqu'elle se trouvait avec un homme tel qu'Ellinger ? Où la mettait-elle à l'abri ? Et, l'ayant ainsi mise en sûreté, comment faisait-elle pour se reprendre afin de donner cette impression — cette impression que lui-même ressentait — d'être en acier trempé, de se changer ainsi en lame capable de tous les assauts sans jamais se briser ?

rendiez peut-être pas compte de l'effet que cela produit sur les gens de la ville. »

« Je le sais ! » Elle releva la tête d'un air de défi. Ses yeux étincelaient, mais il ne s'y trouvait aucune joie — défi plutôt, oui, et défi hystérique. « Je sais bien. Ils m'appellent la Veuve Joyeuse. J'aime assez cela d'ailleurs ! »

Niel quitta la maison sans discuter plus avant et, bien qu'il y eût maintenant trois semaines de cela, il n'y était pas retourné depuis. Entretemps, Mme Forrester était venue rendre visite à son oncle. Le Juge avait fait preuve envers elle de son habituelle courtoisie, mais qu'elle l'eût ainsi lâché l'avait profondément meurtri et jamais le soin jaloux et affectueux qu'il prenait d'elle ne pourrait plus être le même. Il s'était occupé de toutes les affaires du Capitaine Forrester pendant vingt ans et, depuis la faillite de la banque de Denver, n'avait jamais pris un sou de commission sur les sommes qui lui étaient confiées. Mme Forrester avait fort mal agi envers lui. Elle ne lui avait jamais fait part de ses intentions. Un jour Pierre Loison était rentré dans le bureau muni d'une note d'instructions de sa main par laquelle elle exigeait que lui fussent confiés les comptes ainsi que tous les dépôts et toutes les actions. Depuis lors, elle n'avait jamais abordé la question avec le Juge, pas plus qu'avec Niel, à l'exception de cette conversation touchant la vente de sa propriété.

DEUXIÈME PARTIE

I

Deux ans s'écoulèrent avant le retour de Niel ; et la première connaissance qu'il rencontra alors fut Pierre Loison. Pierre monta dans le train à l'une des petites gares à l'est de Sweet Water, dans une bourgade où il était allé plaider. Alors qu'il déambulait dans le Pullman, il remarqua parmi les passagers un jeune homme en costume de flanelle grise qui portait une chemise de soie de couleur bleue assortie d'une cravate d'un bleu plus soutenu. Ayant quelques instants contemplé le dos de cette silhouette citadine, Pierre jeta un coup d'œil à sa propre tenue et en parut immensément satisfait. C'était une chaude journée de juin mais il n'en portait pas moins le feutre noir et le lourd manteau d'hiver de confection qu'il avait toujours arborés étant adolescent. Il s'avança, les mains enfoncées dans ses poches.

« Salut, Niel. J'me disais bien que je pouvais pas me tromper. »

Niel leva les yeux et vit la face rouge, comme

piquée par des abeilles, creusée en permanence de ses deux fossettes, qui lui souriait de tout son haut avec une expression joviale et méprisante.

« Bonjour, Pierre. J'aurais eu du mal à ne pas te reconnaître moi-même. »

« Tu rentres monter ton affaire ? »

Niel répondit qu'il ne revenait que pour la durée des vacances d'été.

« Ah bon ? Parce que c'est pas fini, encore, tes études ? Probable qu'il faut plus longtemps pour former un architecte qu'un avocassier. Enfin, c'est aussi bien comme ça ; on construit pas grand-chose à Sweet Water ces temps-ci. Tu vas trouver pas mal de changements. »

« Tu ne veux pas t'asseoir ? lui demanda Niel en lui désignant le siège voisin du sien. Tu plaides, alors ? »

« Oui, entre autres choses. Faut garder plus d'un fer au feu pour gagner sa vie, nous autres. Je fais un peu de culture en plus. Je loue les prairies de la propriété Forrester. J'ai drainé le vieux marais et je l'ai planté en blé. C'est mon frère John qui fait le travail et moi je surveille les opérations. Ça rapporte bien. Je leur paie un bon fermage et ils en ont besoin. Je pense pas qu'ils arriveraient à joindre les deux bouts sans ça. Leurs amis bien placés semblent pas les aider beaucoup. Tu te rappelles tous ces vieux complices avec des torses comme ça que le Capitaine baladait dans sa charrette anglaise et pour qui il se faisait livrer des barriques de bourbon ? Décidément, ils bluffaient pas mal ces anciens-là. Mais la panique les a nettoyés. Les Forrester ont perdu leur position, comme les autres. Tu te rappelles comment le vieux nous regardait de haut, nous les gosses, et qu'il nous laissait même pas venir sur ses terres avec un fusil ? Eh ben, je suis assez rosse pour aller chasser de préférence le long de cette rivière-là maintenant. C'était pas que le vieux Capitaine soit mauvais bougre, mais il se faisait des idées sur sa classe. Il est plus heureux maintenant qu'il est comme nous autres et qu'il est pas obligé de changer de chemise tous les jours. » Les yeux verdâtres de Pierre, sans ciller, se posèrent sur les vêtements de Niel.

Ce dernier, cependant, ne le remarqua pas. Il savait que Pierre aurait bien voulu qu'il montrât à quel point ces nouvelles le décevaient et il avait la ferme intention de n'en rien faire. Il s'enquit de l'état de santé du Capitaine, en évitant soigneusement de mentionner le nom de Mme Forrester.

« Il est plus guère qu'à moitié là... N'a pas l'air malheureux... Elle s'occupe bien de lui, faut reconnaître... Elle trouve à se consoler comme elle peut, rien de changé à ça... Boit un peu trop de cognac... Mais elle le laisse jamais tomber. Jc peux pas lui reprocher. Le vrai travail, ça lui convient pas. »

Niel n'entendit ces remarques qu'au travers d'une espèce de brouillard, du bourdonnement des idées qui l'habitaient. Il avait l'impression que Pierre avait drainé le marais au moins autant pour humilier le vieil homme et Mme Forrester que pour récupérer les terres. De plus, il parut se rendre compte que jusqu'à cet instant précis Pierre lui-même n'avait pas compris quelle importance cette considération revêtait à ses yeux. Pierre et lui avaient, depuis l'enfance, éprouvé une antipathie mutuelle, aveuglément, instinctivement, ils s'étaient par là reconnus, à la manière d'insectes hostiles. En faisant drainer le marais, Pierre avait effacé quelques hectares de quelque chose qu'il haïssait, bien qu'il ne pût lui donner de nom ; il avait affirmé son pouvoir sur les gens qui avaient aimé ces étendues improductives pour leur stérilité paresseuse et l'argent de leur beauté.

Après que Pierre s'en fut allé au fumoir, Niel demeura assis à contempler par la fenêtre les méandres de la Sweet Water, perdu dans ses pensées. L'Ouest ancien avait été colonisé par des rêveurs, des aventuriers au cœur énorme dénués de sens pratique jusqu'à la splendeur ; ils constituaient une fraternité courtoise, plus douée pour l'attaque que pour la défense, faite pour la conquête plus que pour conserver les territoires conquis. Et maintenant, les vastes étendues qu'ils avaient domptées se trouvaient à la merci d'hommes comme Pierre Loison qui jamais n'avaient rien osé, rien risqué. Ils allaient boire à ce mirage, dissiper la fraîcheur du matin, déraciner ce grand esprit songeur de la liberté, la vie facile et généreuse des grands propriétaires terriens. L'espace, la couleur, le détachement princier du pionnier, ils allaient les détruire pour les débiter en profitables fragments, telle la forêt primitive aux mains de marchands d'allumettes. Du Missouri jusqu'aux montagnes, cette génération de jeunes gens avisés, que des temps difficiles avaient imbus d'un sens mesquin de l'économie, s'apprêtait à faire exactement ce qu'avait fait Pierre Loison en drainant le marais des Forrester.

II

Le lendemain après-midi, Niel trouva le Capitaine Forrester dans le lopin broussailleux que ce dernier appelait sa roseraie, assis dans un robuste fauteuil de noyer blanc qu'il était possible de laisser dehors par tous les temps, ses deux cannes posées à côté de lui. Il contemplait un bloc rouge de grès du Colorado, posé sur un rocher de granit au milieu de l'espace couvert de gravier autour duquel poussaient les roses. Il montra à Niel qu'il s'agissait d'un cadran solaire, lui expliqua avec fierté la manière dont il fonctionnait. L'été précédent, dit-il, il était souvent venu s'asseoir là, avait fixé une planche carrée sur un piquet et repéré la longueur de l'ombre à l'aide de sa montre. Cyrus Dalzell, son ami, au cours de l'une dc ses visites, avait alors emporté la planche et fait très précisément copier le diagramme sur une table de grès qu'il lui avait ensuite envoyée, accompagnée du rocher en forme de pilier qui en constituait le socle.

« Je crois bien que monsieur Dalzell a dû passer pas mal de matinées dans les montagnes avant de dénicher une formation naturelle comme celle-ci, dit le Capitaine. Un vrai pilier, comme aux temps de la Bible. Il vient du Jardin des Dieux. Monsieur Dalzell a sa résidence d'été là-haut. »

Le Capitaine était assis, semelles jointes, les jambes écartées. Tout en lui semblait s'être fait plus lourd et plus faible à la fois. Son visage était devenu plus gras et plus lisse, comme si ses traits déteignaient les uns sur les autres, ou comme un masque de cire fond à la chaleur. Un vieux panama, que l'ardeur du soleil avait rendu tout jaune, lui abritait les yeux. Ses mains brunes étaient posées sur ses genoux, les doigts bien écartés, sans vie. Sa moustache était toujours de la même paille; Niel lui fit remarquer qu'elle n'avait pas pris de gris. Le Capitaine se toucha la joue du plat de la paume. « Pendant un certain temps, c'est madame Forrester qui m'a rasé. Elle faisait cela très bien, mais cela ne me plaisait pas qu'elle le fît. Alors maintenant j'utilise un de ces nouveaux rasoirs de sûreté. J'y arrive, va, à condition de prendre mon temps. Le barbier passe une fois par semaine. Madame Forrester t'attend, Niel. Elle est dans le petit bois. Elle y descend souvent se reposer dans le hamac. »

Niel contourna la maison pour franchir la barrière qui donnait sur le bois. Du haut de la colline il distinguait le hamac, suspendu entre deux peupliers, tout au bout de la basse, la clairière où il était tombé la fois qu'il s'était cassé le bras. La silhouette blanche et élancée était immobile et, alors qu'il se hâtait à travers les herbes, il vit qu'un chapeau de jardinage blanc lui couvrait le visage. Il s'approcha en silence ; il se demandait si elle était endormie quand il entendit un rire doux et heureux ; d'un geste preste, elle envoya dinguer le chapeau de dentelle au travers duquel elle n'avait cessé de le regarder. S'avançant, il prit dans ses bras tout ce qui était accroché aux arbres, hamac et silhouette. Comme elle était légère ! Comme elle était vivante ! On eût dit un oiseau pris dans un filet. Ah, s'il pouvait seulement venir ainsi la sauver, l'enlever, l'emmener loin de ce monde et de ses inévitables moments de tristesse, l'arracher au temps, à la lassitude, aux fortunes contraires !

Elle ne semblait pas pressée de retrouver sa liberté et resta étendue, faisant monter vers lui un rire où brillait quelque chose d'élégant et de sauvage, de fantastique et d'irrésistible — cette lueur d'apparence si naturelle qui ne devait son existence qu'à l'art le plus accompli ! Elle lui mit la main sous le menton, comme s'il était encore enfant.

« Et qu'il est devenu joli garçon ! Il est fier de toi, monsieur le Juge, je t'assure ! Il m'a encore téléphoné hier soir, il en bégayait le pauvre : "Il est de mon devoir de vous avertir, Madame, que j'ai auprès de moi un fort beau garçon". Comme si je n'avais pas su que tu nous reviendrais comme ça ! Et te voilà maintenant un homme, quelqu'un qui a connu le monde ! Eh bien alors, dis-moi, qu'y as-tu découvert ? »

« Rien d'aussi merveilleux que vous, madame Forrester. »

« Balivernes ! As-tu des amoureuses ? »

« Peut-être. »

« Et elles sont jolies ? »

« Pourquoi "sont" ? Une ne suffit donc pas ? »

« Une seule, c'est trop. Je veux que tu en aies une demi-douzaine, et que tu nous réserves quand même tes meilleures attentions ! Une seule monopoliserait tout. Si tu la connaissais, tu ne serais même pas revenu nous voir. Je me demande si tu sais à quel point nous avons souhaité te revoir ? » Elle lui prit la main et fit tourner d'un air distrait la chevalière qu'il portait au petit doigt. « Tous les soirs, pendant des semaines, quand les lumières du train passaient sous les prés en se balançant, je me suis dit : "Niel revient à la maison ; voilà au moins une perspective propre à réjouir le cœur". »

Elle se ressaisit, ainsi qu'elle faisait toujours en s'apercevant qu'elle en avait trop dit, et conclut d'une voix enjouée : « Donc tu vois à quel point tu comptes pour nous. As-tu vu monsieur Forrester ? »

« Mais oui ! Il a fallu que je m'arrête admirer son cadran solaire. »

Elle se souleva sur un coude et baissa la voix.

« Tu comprends ça, toi, Niel ? Ce n'est pas qu'il soit retombé en enfance comme disent certains, mais il est quand même capable de rester assis à contempler cette chose-là pendant des heures. Comment peut-on prendre plaisir à voir ainsi le temps se faire dévorer ? Nous sommes tous habitués à voir tourner les aiguilles des pendules, mais comment peut-il avoir envie de regarder ramper cette ombre sur la pierre ? Trouves-tu qu'il ait beaucoup changé ? Non ? Je suis bien heureuse que tu le penses. Et maintenant, parle-moi un peu des Adams, et dis-moi comment va Georges. »

Niel se laissa tomber sur l'herbe et, adossé à un tronc, répondit à sa volée de questions en ne cessant de l'observer cependant qu'elle parlait. Bien sûr, elle avait vieilli. Dans la lumière du soleil de l'après-midi, on voyait que sa peau avait perdu sa teinte de lilas blancs, qu'elle avait maintenant celle, ivoire, des gardénias qui commencent à se faner. Ses bandeaux de cheveux bleu-noir paraissaient plus que jamais trop pesants pour sa tête. Et puis il y avait des rides — quelque chose de tendu aux commissures de ses lèvres qui naguère ne s'y trouvait point. Mais ce qu'il y avait de plus étonnant, c'était la manière dont tous ces changements pouvaient disparaître d'une seconde à l'autre, se voir absolument effacés par un seul éclair de sa personnalité : tout alors, en elle, s'en trouvait oublié, hormis elle-même.

« Et puis dis-moi, Niel, est-il vrai que les femmes fument après dîner, maintenant, comme les hommes, je veux dire les femmes convenables ? Je n'aimerais pas ça. Tout cela est très bien pour les actrices, mais les femmes ne peuvent pas être attirantes si elles font tout ce que font les hommes. »

« Je pense que la mode, aujourd'hui, veut qu'elles fassent comme elles préfèrent, avant toute autre chose. »

Mme Forrester lui jeta un regard aigu, comme s'il venait de prononcer une phrase choquante. « Mais c'est ça, exactement ça, ne comprends-tu pas ? Les deux choses ne vont pas ensemble. Le sport, les études supérieures, fumer après le dîner — tu trouves ça bien toi ? Les hommes ne préfèrent-ils pas que les femmes ne soient pas comme eux ? C'était comme ça dans le temps. »

Niel éclata de rire. Oui, c'était certes là l'opinion des gens de la génération de Mme Forrester.

« Mon oncle me dit que vous ne venez plus le voir autant qu'avant, madame Forrester. Vos visites lui manquent. »

« Mon cher enfant, cela fait six semaines que je ne suis pas allée en ville. Je suis toujours trop fatiguée pour cela. Nous n'avons plus de cheval, maintenant, et pour y aller, il faut que je marche. Oh, cette maison ! Rien ne s'y fait jamais si ce n'est pas moi qui le fais, rien n'y bouge si je n'y fais rien bouger. C'est pour ça que je descends ici l'après-midi — pour ne plus voir la maison. Je n'arrive pas à l'entretenir comme il faudrait, je ne suis pas assez forte pour ça. Oh, bien sûr, Ben m'aide un peu ; il balaie, il bat les tapis, il lave les vitres, mais tout ça ne va pas très loin dans une maison. Mme Forrester se redressa brusquement et remit son chapeau blanc, qu'elle fixa à l'aide d'une épingle. « Nous sommes allés jusqu'à Chicago, Niel, pour acheter ces meubles en noyer, comme si on n'avait rien par chez nous qui fût assez gros ni assez lourd. Si j'avais su qu'un jour il me faudrait les déplacer constamment, je me serais contentée de moins ! » Elle se leva et secoua ses jupes froissées.

Ils commencèrent à remonter vers la maison, gravissant à pas lents les longs dévers herbus entre les arbres.

« Le marais ne vous manque-t-il pas ? » lui demanda Niel tout à coup.

Elle détourna le regard, évasive. « Pas vraiment. Je n'aurais jamais le temps d'y aller de toute façon, et puis nous avons besoin de l'argent que cela nous rapporte. Et puis, tu n'as plus le temps d'y aller jouer, toi non plus, Niel. Il faut que tu te dépêches de réussir. Ton oncle a des soucis épouvantables. Il a été si imprudent que sa situation n'est guère meilleure que la nôtre. C'est très important l'argent. Dis-toi bien ça dès le début ; sois-en conscient, comme ça tu ne sombreras pas dans le ridicule au bout du compte, comme il est arrivé à un si grand nombre d'entre nous. » Ils s'arrêtèrent à la barrière, au sommet de la colline, et regardèrent, derrière eux, les allées verdoyantes et les ombres nettement découpées, les éventails frémissant de lumière qui paraissaient écarter les arbres et tracer à leurs pieds de véritables Champs-Élysées. Mme Forrester posa sa main blanche, chargée de toutes ses bagues, sur le bras de Niel.

« Trouves-tu vraiment un plaisir quelconque à revenir parmi nous ? C'est très inhabituel, je trouve. À ton âge, je recherchais la compagnie de gens jeunes et gais. Pour nous, c'est très agréable, remarque bien. » Elle le dévisagea avec son plus beau sourire, un sourire qu'il avait rarement vu illuminer son visage, mais dont il se souvenait parfaitement — un sourire dénué de toute hauteur, sans gaieté, plein d'affection, pensif et triste. Et la même note ourlait sa voix lorsqu'elle prononça ces mots tranquilles ; c'était la paix soudaine qu'apporte une émotion profonde. Elle se détourna vivement. Ils franchirent la barrière et contournèrent la maison pour rejoindre l'endroit où le Capitaine était occupé à contempler les beautés d'un couchant somptueux sur ses roses. Sa femme lui toucha l'épaule.

« Voulez-vous rentrer, maintenant, monsieur

Forrester, ou préférez-vous que je vous apporte votre jaquette ? »

« Je vais rentrer. Niel ne va-t-il pas rester dîner avec nous ? »

« Non, pas ce soir. Mais il reviendra bientôt, pour un vrai dîner. Veux-tu bien attendre monsieur Forrester, Niel ? Il faut que je me dépêche de rentrer pour allumer le feu. »

Niel s'attarda donc et accompagna le Capitaine cependant que ce dernier se dirigeait difficilement, à pas lents, vers le devant de la maison. Il s'appuyait sur ses deux cannes, levant lentement les pieds pour les reposer avec fermeté et précaution. On aurait dit un vieil arbre qui marchait.

Une fois gravies les marches, ils entrèrent dans le salon ; alors il se laissa tomber dans son grand fauteuil, le souffle lourd. La première bouffée d'un cigare sembla le réconforter. « Cela t'ennuierait-il de me mettre quelques lettres à la boîte, Niel, en passant devant la poste ? » Il les sortit de la poche intérieure de son costume d'été. « Voyons si madame Forrester n'aurait pas aussi quelque chose à poster. » Le Capitaine se leva pour aller jusqu'à la petite entrée. Là, près de la porte, sur un guéridon au-dessous du porte-chapeaux, se trouvait une statuette court vêtue, représentant une jeune esclave arabe ou égyptienne, et qui tenait dans ses mains un grand coquillage plat de la côte californienne. Niel se souvint avoir remarqué cette statuette la première fois qu'il avait pénétré dans cette maison, le jour où le Dr. Dennison, le portant, lui avait fait traverser ce vestibule, le bras immobilisé par une attelle. Du temps où les Forrester avaient encore des domestiques qu'ils envoyaient en ville plusieurs fois par jour, on déposait toujours les lettres prêtes à être postées dans ce coquillage. Il y en avait une, ce jour-là aussi, que le Capitaine tendit à Niel. Elle était destinée à M. Francis Bosworth Ellinger, Glenwood Springs, Colorado.

Pour une raison mystérieuse, Niel se sentit gêné et essaya de glisser rapidement le pli dans sa poche. Le Capitaine, tenant ses deux cannes de la même main, l'en empêcha. Il reprit l'enveloppe bleu pâle et la tint à bout de bras pour la contempler.

« Madame Forrester a une bien belle écriture ; l'avais-tu jamais remarqué ? Toujours, elle a été comme ça. Quand elle me faisait une liste des choses qu'il fallait que je rapporte d'en ville, je ne ressentais jamais le besoin de la cacher. On aurait dit de la gravure. C'est rarissime, chez une femme, Niel. »

Niel se rappelait très bien son écriture, n'en ayant jamais vu nulle part ailleurs qui, de près ou de loin, lui ressemblât : de longues lettres fines aux angles nets, d'une délicatesse et d'une audace également curieuses, dont les boucles, les pleins et les déliés faisaient une dentelle de la finesse d'un cheveu et parfaitement lisible. Son écriture avait l'air d'avoir été confiée au papier à très grande vitesse, comme si la plume avait été guidée par une personne parfaitement confiante en sa dextérité.

« Oh oui, Capitaine ! Je ne porte jamais de lettres pour madame Forrester sans les regarder. Il est impossible d'oublier son écriture. »

« Elle est tout à fait exceptionnelle, en effet. » Le Capitaine lui donna l'enveloppe et, s'aidant de ses cannes, regagna lentement son grand fauteuil.

Niel s'était souvent demandé ce que savait exactement le Capitaine. Maintenant, alors qu'il descendait la colline, il avait la certitude qu'il savait tout, plus que quiconque, tout ce qu'il était possible de savoir sur Marian Forrester.

III

Niel avait nourri le projet de lire abondamment dans le petit bois des Forrester cet été-là, mais il ne s'y rendit pas aussi souvent qu'il l'avait prévu. L'apparition fréquente de Pierre Loison en ces lieux l'agaçait. Pierre allait très souvent inspecter ses nouveaux champs de blé dans les terres basses ; et, pour s'y rendre il empruntait toujours le vieux sentier, celui qui, partant de ce qui avait jadis constitué le marais, remontait le talus et traversait le bois. Il pouvait apparaître à n'importe quelle heure, le bas de son pantalon glissé à la diable dans le haut de ses bottes, arpentant les rangées d'arbres avec un air de propriétaire. Il claquait la barrière qui se trouvait derrière la maison et traversait la cour en sifflant. Souvent, il s'arrêtait à la porte de la cuisine pour crier une plaisanterie quelconque à Mme Forrester. Cela irritait Niel car, à cette heure-là de la matinée, alors qu'elle vaquait à ses tâches domestiques, Mme Forrester n'était pas habillée pour recevoir ses inférieurs. Une chose était de sortir accueillir le président de la Colorado & Utah *en déshabillé*[1], une autre de bavarder avec un rustre comme Pierre Loison vêtue d'un peignoir, en pantoufles, les manches relevées, la gorge dénudée à ses yeux froids et impudents.

Il arrivait que Pierre traversât à larges enjambées la roseraie où le Capitaine Forrester, dans son fauteuil, prenait le soleil ; il passait alors sans lui accorder un regard, comme si nul ne se trouvait là. Lorsqu'il parlait au Capitaine, c'était comme s'il s'adressait à quelqu'un incapable de comprendre quoi que ce fût : « Salut, Cap'taine, z'avez pas peur que ce soleil-là vous gâte le teint ? », ou encore « Eh bien, Cap'taine, y va falloir que vous demandiez à vos réunions de prière de prendre en main ce bon sang de problème de la pluie. C'est pas bon du tout c'te sécheresse pour mon blé. »

Un matin, alors que Niel remontait le petit bois, il entendit des rires près de la barrière et vit bientôt Pierre, son fusil à la main, en conversation avec Mme Forrester. Elle était tête nue, le vent faisait voleter ses jupes et elle portait au bras un grand seau de fer-blanc appuyé près d'elle sur la clôture. Pierre était debout, son chapeau à la main, mais son attitude trahissait cet indéfinissable quelque chose qui prouve

1. En français dans le texte (N.d.T.)

qu'un homme tente de plaire à une femme. Il était en train de lui raconter une histoire drôle, grossière selon toute vraisemblance, car elle fit naître son rire le plus coquin, agrémenté de sonorités nerveuses et excitées, comme s'il allait un peu trop loin. Parvenu à la fin de son histoire, Pierre lui-même éclata de son rire gras de garçon de ferme. Mme Forrester le tança du doigt et, saisissant son seau, rentra chez elle en courant. Elle ployait légèrement sous la charge, mais Pierre ne s'offrit pas à l'en soulager. Il la laissa l'emporter d'un trot maladroit, comme si elle n'était qu'une fille de cuisine dont c'était là le lot.

Niel émergea du bosquet et s'arrêta dans le jardin, à l'endroit où le Capitaine était assis. « Bonjour, Capitaine Forrester. N'était-ce pas Pierre Loison que je viens de voir traverser ? Ce garçon se conduit vraiment comme un porc ! » La remarque lui avait échappé.

Le Capitaine lui désigna le fauteuil vide de Mme Forrester. « Assieds-toi, Niel, assieds-toi donc. » Il sortit son mouchoir de sa poche et entreprit de nettoyer ses lunettes. « Non, dit-il doucement, ce n'est pas la politesse qui l'étouffe. »

Plus que s'il s'était amèrement plaint, cet aveu tout de réserve faisait comprendre à quel point il avait été blessé et offensé par la grossièreté de Pierre. Il y avait une note extrêmement triste dans sa voix, vulnérable aussi. Venant de ses égaux, il avait toujours naturellement eu droit au respect ; aux gens de l'acabit de Pierre, il était toujours parvenu à l'imposer — à les chasser de ses terres, à les mettre à la porte de son entreprise.

Niel s'assit et fuma un cigare en sa compagnie. Ils parlèrent longuement de la construction du tronçon de la Burlington qui devait traverser les Collines Noires. À Boston, l'hiver précédent, Niel avait fait la connaissance d'un vieux propriétaire de mine qui vivait à Deadwood quand le chemin de fer était arrivé. Lorsque Niel lui avait demandé s'il avait connu Daniel Forrester, ce vieux monsieur lui avait répondu : « Forrester ? C'est celui qu'avait une si belle femme ? »

« Il faudra que tu lui dises ça, dit le Capitaine en caressant la surface chaude de son cadran solaire. Oui, absolument. Il faudra le dire à madame Forrester. »

Un soir de la première semaine de juillet, une nuit qu'il brillait une lune magnifique, Niel renonça à lire, incapable de demeurer plus longtemps enfermé. Il s'en fut, descendant sans but la large rue désertée, et traversa le premier cours d'eau en empruntant la passerelle. Les vastes champs, parvenus à maturité, la campagne dans son ensemble ressemblaient à un jardin endormi. On avait envie de marcher doucement sur les routes poudreuses afin de ne pas troubler le sommeil profond du monde.

Dans l'allée des Forrester planait le parfum lourd du trèfle doux. Toujours, depuis aussi longtemps que se souvînt Niel, il avait poussé dru et vert dans cette région ; le Capitaine refusait de le laisser couper avant que le moment ne fût venu, avec l'automne, de faucher toutes les herbes. Les peupliers projetaient les plumets noirs de leurs ombres sur l'allée et sur les champs de blé de Pierre Loison. Comme il marchait, Niel aperçut une silhouette blanche, debout sur le pont qui franchissait le second cours d'eau, immobile dans le lumineux clair de lune. Il pressa le pas. Mme Forrester contemplait l'eau qui coulait avec un clair friselis sur les cailloux. Il arriva près d'elle. « Le Capitaine dort ? »

« Oh oui, depuis longtemps ! Il dort bien, Dieu merci ! Une fois que je l'ai bordé, je n'ai plus de souci à me faire. »

Alors qu'ils se tenaient là, à parler à voix basse, ils entendirent une lourde porte claquer sur la colline. Mme Forrester sursauta et regarda par-dessus son épaule. Un homme sortit de l'ombre de la maison et descendit l'allée principale à grands pas. Pierre Loison posa le pied sur le pont.

« Bonsoir, dit-il à Mme Forrester, sans l'appeler par son nom ni retirer son chapeau. Je vois que vous avez de la compagnie. Je suis monté jeter un coup d'œil à la vieille grange, voir si les boxes étaient en état d'accueillir des chevaux demain. Je vais commencer à moissonner mes blés demain matin, et il va falloir que je mette les chevaux dans votre écurie au moment de midi. On perdrait du temps à les ramener en ville. »

« Mais oui, bien sûr. Vous pouvez très bien mettre les chevaux dans notre grange. Je suis sûre que monsieur Forrester n'y verrait aucun inconvénient. » Elle lui parlait comme s'il avait sollicité sa permission.

« Ah, fit Pierre en haussant les épaules. Les hommes commenceront à six heures. Moi j'arriverai pas avant dix heures et après j'ai un client à voir à mon bureau vers trois heures. Vous croyez pas que vous pourriez m'inviter à déjeuner, histoire de gagner un peu de temps ? »

Son impudence la fit sourire. « Très bien, alors, je vous invite donc à déjeuner. Nous déjeunons à midi. »

« Merci. Ça me rendra bien service. » Comme s'il ne savait pas ce qu'il faisait, il souleva son chapeau et descendit l'allée en le faisant baller à sa main.

Niel le suivit des yeux. « Pourquoi lui permettez-vous de vous parler comme ça, madame Forrester ? Avec votre permission, je le battrai comme plâtre pour lui apprendre à s'adresser poliment à vous. »

« Mais non, Niel, mais non, voyons ! Rappelle-toi, il est important que nous ayons les meilleurs rapports avec Pierre Loison; nous n'avons tout simplement pas le choix ! » On sentait l'angoisse percer dans sa voix, et elle lui saisit soudain le bras.

« Vous n'êtes pas forcée d'accepter ses propositions, ni de supporter ses mauvaises manières. N'importe qui vous paierait le même prix que lui la location de vos terres. »

« Mais c'est qu'il a un bail de cinq ans, et il pourrait nous faire des tas d'ennuis, ne comprends-tu pas ? Et puis en plus, poursuivit-elle d'un ton plus précipité, il y a autre chose. Il a placé un peu d'argent que je lui ai confié : de la terre, dans le Wyoming. Il se débrouille je ne sais comment pour racheter des terres aux Indiens pour une bouchée de pain. Ne va pas raconter cela à ton oncle ; je suis sûre que ce n'est pas très net. Mais monsieur le Juge est comme monsieur Forrester ; ses méthodes n'ont plus cours de notre temps. Il ne nous sortira jamais de toutes ces dettes, ce cher homme ! Il n'arrivera même pas à se sortir des siennes. Pierre Loison est formidablement intelligent, tu sais. Il possède déjà la moitié de la ville. »

« Pas tout à fait, dit Niel, l'air sombre. Il a réussi à mettre la main sur pas mal de terrains. Il n'hésite jamais à profiter de ceux qui sont dans le besoin. Vous n'ignorez pas qu'il est parfaitement dénué de scrupules, n'est-ce pas ? Pourquoi n'avez-vous pas confié à monsieur Dalzell, ou à un autre vieil ami, le soin de placer votre argent ? »

« Bah, il s'agissait d'une bien trop petite

somme ! Quelques centaines de dollars que j'avais économisés sur l'argent du ménage. Eux placeraient tout ça en pères de famille, à six pour cent l'an. Je sais que tu n'aimes pas Pierre — et lui aussi le sait ! C'est toujours quand il est avec toi qu'il est le pire. Il n'est pas si mauvais que pourrait l'indiquer — disons, son visage par exemple ! » Elle eut un petit rire nerveux. « Il a honnêtement l'intention de nous aider à sortir du trou au fond duquel nous sommes. À toujours aller et venir comme il fait, rien ne lui échappe, et je suis convaincue qu'il ne supporte pas l'idée que je travaille si dur. »

« La prochaine fois que vous aurez un placement à faire, permettez-moi d'aller expliquer la chose à monsieur Dalzell. Je vous promets de m'occuper au moins aussi bien de vos intérêts que Pierre Loison. »

Mme Forrester lui prit le bras et l'attira à sa suite dans l'allée. « Mais, mon cher enfant, tu ne connais rien à ces arrangements d'affaires. Tu n'es pas du tout fait pour ces choses-là ; c'est d'ailleurs l'une des raisons pour lesquelles je t'aime tant. Je n'ai aucune admiration pour les gens qui grugent les Indiens. Aucune, je t'assure ! » Et elle secoua la tête avec véhémence.

« Madame Forrester, il n'y a pas que la canaille qui réussisse en affaires. »

« Elle y parvient pourtant plus vite que le reste », murmura-t-elle d'un air absent. Ils marchèrent jusqu'au bout de l'allée avant de faire demi-tour. La main de Mme Forrester se crispa sur son bras. Elle se remit à parler tout à coup. « Vois-tu, encore deux, trois années comme celles-ci, et je pourrais encore retourner en Californie — me remettre à vivre. Mais au-delà... Les gens pensent peut-être que je me suis résignée à vieillir ici, à en accepter l'idée avec grâce, mais ce n'est pas vrai. J'ai en moi une telle ardeur de vivre, Niel, je la sens. » Ses doigts fins lui enserrèrent le poignet. « Et qui n'a fait que croître et embellir d'être contenue. L'hiver dernier, je suis restée trois semaines chez les Dalzell à Glenwood Springs (voilà au moins une chose dont je suis redevable à Pierre Loison : il s'est occupé de tout ici pendant que sa sœur tenait la maison pour monsieur Forrester) et je me suis étonnée moi-même. Je pouvais danser toute la nuit sans la moindre fatigue. Je pouvais passer la journée à cheval et assister à un grand dîner le soir-même. Je n'avais pas de toilettes, naturellement ; rien que de vieilles robes de soirée, faites de mètres et de mètres de satin et de velours, que la couturière de madame Dalzell avait reprises. Mais je n'avais pas mauvaise allure ! Ça non. Je sais toujours quelle allure j'ai et je n'avais pas du tout mauvaise allure, crois-moi. Les hommes trouvaient, en tout cas. J'avais l'air plus heureuse que toutes les autres femmes. Elles étaient presque toutes plus jeunes, et de beaucoup. Mais elles avaient un air maussade, comme si elles s'ennuyaient à mourir. Une ou deux flûtes de champagne et elles s'endormaient complètement, n'avaient plus rien à dire ! J'ai toujours meilleure mine après le premier verre — cela me donne des couleurs ; c'est bien la seule chose qui y parvienne d'ailleurs. J'avais ma petite idée en acceptant l'invitation des Dalzell : je voulais savoir s'il me restait quoi que ce soit qui vaille encore la peine. Eh bien oui, figure-toi, il me reste beaucoup de choses encore ! Tu auras sans doute peine à le croire, j'ai eu peine à le croire moi-même, mais oui : il me reste encore beaucoup ! »

Ils avaient alors atteint le pont, au plancher blanc et nu sous la lune. Mme Forrester n'avait cessé d'accélérer le pas. « Et c'est pour ça que je me bats, pour sortir de ce trou — et elle regarda autour d'elle comme si elle était tombée tout au fond d'un puits — pour sortir d'ici ! Quand je suis seule ici, à longueur de mois, je n'arrête pas de faire des projets, de combiner des choses. Si je n'avais pas ça… »

Alors que Niel regagnait à pied sa chambre, derrière l'étude, il se sentit tout effrayé pour elle. Quand les femmes se mettaient à dire qu'elles se sentaient encore jeunes, n'était-ce pas le signe que quelque chose, en elles, s'était brisé ? Deux ou trois ans, avait-elle dit. Il frissonna. Hier encore le vieux Dr. Dennison lui avait confié avec fierté que le Capitaine Forrester pouvait très bien vivre encore une douzaine d'années. « Nous lui conservons un excellent état général, et comme c'était pour commencer un homme à la santé de fer... »

Quel espoir pouvait-elle avoir ? Il sentait encore la main qu'elle avait posée sur son bras en l'incitant à presser le pas pour remonter l'allée.

IV

Le temps demeura sec et brûlant plusieurs semaines durant, puis, à la fin du mois de juillet, des orages et des pluies torrentielles s'abattirent sur la vallée de la Sweet Water. La rivière entra en crue violente, le niveau de tous les cours d'eau s'éleva et les chaumes des champs de blé de Pierre Loison furent submergés. Un vaste lac et deux rivières au flot tumultueux séparaient désormais les Forrester de la ville. Ben Keezer venait chaque jour les voir à cheval pour accomplir les nécessaires corvées et leur apporter le courrier. Un soir, Ben, revêtu de son ciré et portant le sac postal en cuir, venait de sortir du bureau de poste et se préparait à monter à cheval quand Niel Herbert l'arrêta pour lui demander à voix basse s'il avait reçu le journal de Denver.

« Oh oui. J'attends toujours que les journaux arrivent. Elle aime bien les avoir à lire le soir. Y doivent sans doute se sentir un peu seuls là-bas. »

Il enfourcha sa monture et partit dans de grands

éclaboussements. Niel se rendit à pas lents à l'hôtel pour dîner. Il avait découvert une nouvelle tout à fait déconcertante dans le journal de Denver : la photo de Frank Ellinger dans la page des mondanités, à côté de celle de Constance Ogden. Ils s'étaient mariés la veille à Colorado Springs et passaient quelques jours à l'hôtel Antlers.

Après dîner, Niel enfila son imperméable en caoutchouc et partit chez les Forrester. Quand il eut atteint le premier cours d'eau, ce fut pour s'apercevoir que la passerelle avait été arrachée à la berge opposée par les flots et qu'elle trempait de guingois dans l'eau, battue sans relâche par le courant jaune qui menaçait à tout instant de l'emporter. Il était impossible de traverser à gué sans cheval. Il jeta un regard hésitant par-delà les terres basses immergées. La maison était sombre, nulle lumière n'éclairait les fenêtres du salon. La pluie s'était remise à tomber. Peut-être préférait-elle être seule ce soir. Il irait demain.

Il rentra à l'étude et essaya de s'y faire une place confortable, bien que les lieux fussent dans un tel désordre qu'il était difficile de s'y concentrer. La pluie ininterrompue avait provoqué une fuite dans l'une des cheminées, faisant dévaler des trombes de suie et d'eau noire qui avaient noyé le poêle et détrempé le tapis de Bruxelles du Juge, naguère encore si beau. Le fumiste avait passé l'après-midi à tenter de localiser l'avarie du conduit ; il avait découpé dans de la tôle un nouveau bac destiné à venir se loger sous le tuyau du poêle. Mais à six heures il s'en était allé, abandonnant pêle-mêle outils et plaques de tôle. Toutes les pièces étaient humides et froides. Niel enfila un gros lainage, ne pouvant se faire de feu, alluma la grosse lampe à pétrole et s'installa avec un livre.

Quand il finit par regarder sa montre, il était presque minuit et cela faisait trois heures qu'il lisait. Il décida de fumer une dernière pipe avant d'aller se coucher. Il l'avait à peine allumée qu'il entendit des petits pas pressés résonner dans le couloir. Il se précipita à la porte et parvint à l'ouvrir avant que Mme Forrester n'ait eu le temps de frapper. Il lui saisit le bras et la fit vivement entrer.

À l'exception de son visage blanc couvert de pluie, elle était entièrement dissimulée sous un chapeau de caoutchouc noir assorti au manteau beaucoup trop grand pour elle qui l'enveloppait. Des ruisselets d'eau en dégouttaient et, lorsqu'elle l'ouvrit, il s'aperçut qu'elle était trempée jusqu'à la taille ; sa robe noire lui collait au corps comme une pulpe boueuse.

« Madame Forrester ! s'exclama-t-il, vous n'avez tout de même pas traversé la rivière à pied ! L'eau monte à hauteur du ventre d'un cheval à l'endroit du gué. »

« Je suis passée sur le pont, enfin ce qu'il en reste. Il a bien tremblé un peu, mais je ne suis pas très lourde. » Elle retira son chapeau d'un geste preste et s'essuya des deux mains l'eau qu'elle avait sur le visage.

« Pourquoi ne pas avoir demandé à Ben de vous amener jusqu'ici sur son cheval ? Tenez, je vous en prie, avalez ça. »

Elle lui écarta la main. « Attends. Plus tard. Ben ? Je ne me suis même pas posé la question avant d'être en chemin. C'est téléphoner que je voudrais, l'inter. Passe-moi Colorado Springs, l'hôtel Antlers, vite ! »

C'est alors que Niel remarqua la forte odeur d'alcool qui émanait d'elle ; les vapeurs en montaient au travers de l'odeur du caoutchouc, de la boue du ruisseau, du tissu mouillé. Elle s'empara du poste téléphonique qui se trouvait sur le bureau, mais il le lui reprit doucement des mains.

« Je vais demander votre numéro, mais vous n'êtes pas en état de parler maintenant ; vous êtes hors d'haleine. Faut-il vraiment que vous téléphoniez ce soir ? Vous savez que madame Beasley entendra tout ce que vous dites. » Mme Beasley était la standardiste de Sweet Water, et transmettait inlassablement tout ce qui se disait sur le réseau.

Mme Forrester, assise dans le fauteuil de l'oncle, tapait impatiemment sur la carpette du bout de sa botte de caoutchouc. « Dépêche-toi, s'il te plaît », dit-elle de cette voix polie et menaçante dont même Pierre Loison avait peur.

Niel réveilla la standardiste ensommeillée et demanda le numéro. « Elle demande à qui vous désirez parler. »

« À Frank Ellinger. Dis-lui que quelqu'un de l'étude du Juge Pommeroy veut lui parler. »

Niel entreprit de calmer Mme Beasley à l'autre bout du fil. « Non, madame Beasley, non, pas la direction, l'un des clients. Frank Ellinger, dit-il avant d'épeler ce nom. Oui, c'est ça. L'étude du Juge Pommeroy. C'est personnel. J'attends ici. Aussitôt que possible, s'il vous plaît. »

Il reposa l'appareil. « Vous savez, j'aimerais autant publier n'importe quoi dans le journal de la ville que de le transmettre par l'intermédiaire de madame Beasley. » Mme Forrester ne fit pas attention à ce qu'il lui disait, ne lui accorda pas un regard et demeura assise à contempler le mur. « Je ne comprends pas pourquoi vous ne m'avez pas appelé pour me demander de vous amener un cheval, s'il fallait absolument que vous utilisiez l'inter ce soir. »

« Oui, c'est vrai, je n'y ai pas pensé. Tout ce que je savais, c'était qu'il fallait que j'arrive ici, et j'avais peur que quelque chose ne m'en empêche. » Elle regardait le téléphone comme s'il s'était agi d'une créature vivante. Ses yeux s'étaient réduits à de petits points durs. Ses sourcils, froncés en un angle aigu, ne cessaient de frémir dans les plis qui, les enserrant, les rapprochaient ; c'était le masque de qui, victime de l'alcool ou à bout de forces, ne parvient plus à se maintenir à la conscience que par l'effet d'une puissante et singulière détermination. Ses lèvres bleues, les cernes noirs qu'elle avait sous les yeux donnaient l'impression qu'un poison faisait en elle son œuvre.

Ils attendirent un long moment. Niel comprit qu'elle n'avait pas envie qu'il lui parlât. Elle menait un combat intérieur contre des forces inconnues, aux assauts apparemment renouvelés à chaque clignement des cils. Elle se leva bientôt, comme si l'angoisse de cette attente lui était devenue intolérable et, s'approchant de la fenêtre, elle s'y appuya.

« Avez-vous laissé le Capitaine Forrester seul ? » lui demanda soudain Niel.

« Oui. Il ne se passera rien là-haut. *Jamais* il ne s'y passe rien ! » répondit-elle, comme folle, en se tordant les mains.

Le téléphone sonna. Mme Forrester se rua vers le bureau, mais Niel souleva le récepteur de la main gauche, l'empêchant de la main droite de le saisir. « Essayez de garder votre calme, madame Forrester. Quand j'aurai Ellinger au bout du fil, je vous le passerai — et pas une de vos paroles n'échappera au standard, souvenez-vous en. »

Ayant échangé quelques mots avec le bureau de poste du Colorado, il lui désigna le fauteuil. « Asseyez-vous, et je vous le passe. Il est en ligne. »

Il n'osait pas la laisser seule, bien qu'il fût gênant d'écouter ce qu'elle dirait. Il se dirigea vers la fenêtre et demeura debout, le dos tourné vers le bureau où elle était assise.

« C'est toi Frank ? Ici Marian. Je ne vais pas te déranger longtemps. Tu dormais ? Déjà ? Ça ne te ressemble pas. Tu as déjà changé tes habitudes, alors ? C'est le mariage qui vous fait ça, à ce que l'on dit. Non, non, je n'ai pas vraiment été surprise. Tu aurais tout de même pu me le dire, non ? Je l'avais bien mérité... »

Puis une pause, qui dura le temps qu'il lui parlât. Niel fixait la fenêtre obscurcie, comme un idiot. Il s'était préparé à entendre des volées de reproches et de récriminations. La voix qu'il entendait s'élever derrière lui était au sommet de son charme ; moqueuse, affectueuse, confiante et chaleureuse, piquée de modulations agréables et enjouées qui en réchauffaient ce qui y demeurait de distant et ardaient par-delà la banalité du propos à l'instar des couleurs qui chatoient dans l'opale. Il se contenta de retenir sa respiration cependant que la voix reprenait ses volettements :

« Et où allez-vous partir pour votre lune de miel ? Ah, j'en suis désolée ! Déjà... Occupe-toi bien d'elle, n'est-ce pas ? Fais-lui part de mes pensées affectueuses... Oui, je le pense aussi, la Californie, à cette époque-ci de l'année, devrait être agréable... »

La conversation se poursuivit ainsi quelques

minutes. Cette voix, se dit Niel, était une voix de femme jeune, belle, heureuse — chaleureuse et sûre d'elle, assise dans son salon, qui, par une nuit d'orage, s'entretenait avec un ami cher et lointain.

« Oh, exceptionnellement bien, pour ce qui me concerne. Passe donc t'en rendre compte par toi-même un de ces jours. Tu vas aller à Omaha pour tes affaires, la semaine prochaine, avant de partir pour la Californie. Mais si, bien sûr ! Arrête-toi ici entre deux trains. Tu sais bien que tu es toujours le bienvenu. »

Une pause, assez longue. L'exclamation poussée par Mme Forrester fit vivement se retourner Niel. Le moment était venu ! Sa voix s'assombrissait à chacune de ses paroles. « Je crois te comprendre. Tu ne me parles pas de ta chambre, c'est cela ? Quoi, de la cabine téléphonique qui est à la réception ? Oh, alors je te comprends parfaitement ! » Niel, anxieux, jeta un regard autour de lui. Il était temps de l'arrêter, mais comment faire ? La voix continua.

« Prendre des précautions ! Mais quand diable as-tu jamais procédé autrement ? Tu sais, Frank, la vérité est que tu n'es qu'un lâche, rien qu'une espèce de grand lâche. Tu m'entends ? Je veux que tu m'entendes !... Tu te sens enfin tranquille, en sécurité, à ce qu'il me semble ; tu t'es trouvé une situation confortable, hein ? confortable et juteuse ! Tu as hérité de combien d'actions dans l'affaire ? Un gros paquet, j'espère !

Alors laisse-moi te dire un peu la vérité : je ne veux pas que tu viennes ici ! Je ne veux jamais te revoir tant que je vivrai, et je t'interdis de venir me voir quand je serai morte. Je refuse que tu viennes laisser traîner tes yeux pleins de haine sur mon visage de morte. Tu m'entends ? Pourquoi ne me réponds-tu pas ? Et ne va pas me raccrocher au nez, espèce de lâche ! Espèce de grand... Frank, Frank, dis-moi quelque chose ! Ça y est, il a coupé, je ne l'entends plus ! »

Elle reposa brutalement le récepteur, laissa tomber sa tête sur le bureau et éclata en sanglots lourds et rauques. Niel, debout derrière elle, attendit calmement. Pour une fois, il était intervenu à temps ; il l'avait sauvée. Au moment où les notes passionnées de haine et de fierté blessée avaient fait irruption dans sa voix, il s'était emparé des grandes cisailles abandonnées par le tôlier et avait sectionné le fil gainé qui courait derrière le bureau. Ses reproches n'avaient pas franchi les murs de cette pièce.

Lorsque cessèrent ses sanglots, il lui toucha l'épaule. Il la secoua, sans parvenir à produire la moindre réaction. Elle dormait, plongée dans une épaisse torpeur. Ses mains et son visage étaient si froids qu'il pensa impossible qu'il lui restât dans le corps la moindre goutte de sang chaud. Il l'emporta dans sa chambre, découpa ses vêtements trempés, l'enveloppa dans son peignoir de bain et la coucha dans son lit. Elle était totalement inconsciente. Il souffla le quinquet, l'enferma à double tour et quitta l'immeuble, courant aussi vite qu'il le pouvait en direction de la petite maison du Juge Pommeroy. Il réveilla son oncle et lui expliqua brièvement la situation.

« Pourriez-vous vous habiller et descendre au bureau passer le reste de la nuit, mon oncle ? Il faut que quelqu'un reste avec elle. Moi, je vais aller tout de suite retrouver le Capitaine ; de toute évidence, il ne faut pas le laisser seul. Si elle est arrivée à passer le pont, j'y arriverai bien. Ah, au fait, elle a commencé à délirer au téléphone et il a fallu que je coupe le fil derrière votre bureau. Alors surveillez-le. Ça pourrait nous valoir des ennuis avec un orage pareil. J'irai chercher un fiacre pour ramener madame Forrester chez elle demain matin, avant que tout le monde ne soit réveillé. »

Quand poignit l'aurore, Niel pénétra dans la chambre du Capitaine Forrester et lui dit qu'on avait envoyé chercher sa femme pendant la nuit pour qu'elle pût prendre un appel téléphonique et qu'il s'apprêtait maintenant à la ramener chez eux.

Le Capitaine était assis dans son lit, le dos calé par trois gros oreillers. Depuis que son visage s'était empâté et que ses traits s'étaient relâchés, sa rudesse avait pris un aspect lisse et quasi asiatique. On aurait dit un vieux mandarin chinois plein de sagesse alors qu'il écoutait le récit abracadabrant du jeune homme avec un calme parfait, se contentant de cligner des yeux et de dire : « Merci, Niel, merci bien. »

Comme Niel traversait la ville endormie pour se rendre à l'écurie, il aperçut la petite silhouette boulotte de Mme Beasley, pareille à un pudding bouilli cousu à l'intérieur d'un kimono bleu, qui se dandinait parmi les plumets du champ d'asperges jouxtant la poste. Elle était déjà allée chez sa voisine, Molly Tucker, la couturière, lui faire le récit de ses aventures de la nuit.

V

Peu de temps après, lorsque le Capitaine Forrester fut victime d'une seconde attaque, Mme Beasley, Molly Tucker et leurs amies convinrent immédiatement qu'il s'agissait d'une sentence rétribuant la conduite de son épouse. Nul jugement n'aurait pu être plus cruel. Les soucis qu'il lui valait, étant désormais parfaitement impotent, firent tout à fait s'effondrer Mme Forrester.

Même après que les revers de fortune avaient commencé de s'abattre sur eux, elle avait conservé son ancienne réserve. Elle n'avait rien demandé et n'avait rien accepté. Son attitude envers les gens de la ville ne s'était pas modifiée : directe, cordiale, impersonnelle. Ses propres amis étaient depuis longtemps déjà partis pour d'autres cieux, hormis le Juge Pommeroy et le Dr. Dennison. Quand l'une des ménagères de la bourgade venait lui rendre visite, elle la recevait au salon, bavardait avec elle à sa manière souriante et détendue qu'il leur était impossible de percer et jamais la visiteuse ne parvenait à aller au-delà. Toutes, cependant, se sentaient obligées de revêtir leurs plus beaux effets et d'apporter leur bristol lorsqu'elles se rendaient chez les Forrester.

Mais maintenant que le Capitaine était impotent, tout changea. Il devint impossible à Mme Forrester d'éloigner plus longtemps les curieux. Les dames de la ville apportaient soupes et crèmes destinées à l'invalide. Lorsqu'elles venaient passer la nuit à le veiller, elle leur abandonnait la maison. Elle était épuisée, tellement à bout de forces qu'elle était désormais insensible à ce qui se passait autour d'elle. Les Mme Beasley et autres Molly Tucker virent enfin poindre leur chance. Elles se mirent à aller et venir dans la cuisine des Forrester sans plus de gêne qu'elles le faisaient lorsqu'elles se rendaient de mutuelles visites. Elles fouillèrent les armoires pour y prendre des draps propres, montèrent fouiner au grenier, descendirent voir à la cave. Telles des fourmis, elles envahirent la maison, cette maison dont elles n'avaient jamais pu franchir les limites du salon; et ce fut pour s'apercevoir que, toutes ces années, on s'était payé leur tête. L'endroit n'avait absolument rien de spécial ! La cuisine était peu pratique, l'évier sentait mauvais. Les tapis étaient usés, les tentures fanées; ces meubles démodés et malcommodes, elles n'en auraient pas voulu, les leur eût-on donnés ; les chambres du premier étaient pleines de poussière et de toiles d'araignée.

Le Juge Pommeroy fit remarquer à son neveu qu'il n'avait jamais vu ces femmes si éveillées, si imbues et contentes d'elles-mêmes que lorsqu'il les rencontrait maintenant à jouer les affairées dans la maison des Forrester. La maladie du Capitaine fit l'effet d'une manière de réveil social, à l'instar d'un nouveau club ou d'une société religieuse nouvellement créée. Les bonnes femmes se firent de plus en plus hardies et Mme Forrester n'avait apparemment plus la force de leur opposer une quelconque résistance. Elle traînassait dans la cuisine, dormait, à demi-vêtue, dans l'une des chambres du premier, tenait le coup à grand renfort de café noir et de cognac. Toutes ses défenses s'étaient écroulées. Tout, désormais, lui était devenu indifférent.

Les femmes de la ville ne cessant d'aller et de venir dans l'allée, il arrivait que Niel surprît quelques fragments de leur conversation.

« Pourquoi n'a-t-elle pas vendu un peu de cette argenterie ? Tous ces plateaux, ces légumiers rangés, là, à se ternir au fil des années ! »

« Je dirais pas non si on m'offrait un peu de son linge. Y a une commode bourrée de damas doublé, en haut, avec des nappes assez grandes pour en faire deux dans une ! Et des verres à vin comme ça, vous en aviez déjà vu, vous, des comme ça ? Je parierais que les deux saloons de la ville mis ensemble en ont pas autant. S'ils font une vente aux enchères quand il sera parti, je me paierai une douzaine de flûtes à champagne ; c'est épatant pour servir les sorbets. »

« Des verres, y en a neuf douzaines, dit Molly Tucker, en comptant ceux à bière et ceux à whisky. Si y vendent aux enchères, je dis pas que j'essaierai pas d'en avoir un ou deux des tout verts, ceux qu'ont des grands pieds, pour mettre sur ma cheminée. Mais e' vendra jamais tout, sauf si e' peut y intéresser les saloons. »

La mère d'Ed Elliott éclata de rire. « Elle les vendra jamais tant qu'elle aura que'que chose à mettre dedans. »

« Bah, un de ces jours y aura plus rien à la cave. »

« Moi, je dis qu'y aura toujours quelqu'un pour fournir à une femme de son genre. Je peux p'us y aller sans qu'elle en empeste. J'y suis allée tard l'autre soir et je l'ai trouvée à genoux, qui nettoyait par terre dans la cuisine. Elle avait les yeux tout vitreux. Elle arrêtait pas de laver autour de la glacière, ça a fini par me rendre nerveuse. J'y ai dit : “M'dame Forrester, je crois bien que vous avez déjà nettoyé c't endroit-là”. »

« Elle a pas eu l'air gênée ? »

« Pas d'une miette ! Elle a ri et e' m'a dit qu'elle était souvent distraite. »

Les compagnes de Mme Elliott éclatèrent de rire à leur tour et s'accordèrent que « distraite » était l'expression qui convenait.

Niel rapporta cette conversation à son oncle.

« Mon oncle, dit-il, je ne vois pas très bien comment je pourrais retourner à Boston en abandonnant les Forrester. J'aimerais bien lâcher mes études pendant un an pour les aider à surmonter tout ça. J'ai envie d'aller là-haut et de débarrasser le plancher de toutes ces commères. Pourriez-vous loger à l'hôtel quelques semaines et me laisser Black Tom ? S'il pouvait venir m'aider, je ferais vivement redescendre l'allée à toutes ces bonnes femmes. »

Ce qui fut dit fut fait, sans perdre un instant et avec discrétion. On mit Tom à la cuisine et Niel se chargea lui-même des soins à apporter au Capitaine. Il fit face aux visiteuses avec fermeté : elles étaient bien gentilles, mais non, vraiment, on n'avait plus besoin de leurs services maintenant. Le docteur avait dit qu'il fallait qu'un calme absolu régnât dans la maison et que les visites étaient rigoureusement interdites à l'invalide.

Une fois le calme revenu dans la demeure, Mme Forrester alla se coucher et dormit la majeure partie de la semaine. La santé du Capitaine s'améliora même un peu. Les bons jours, il était possible de le faire asseoir dans son fauteuil roulant pour le faire sortir dans le jardin afin qu'il pût profiter du soleil de septembre et de ses dernières églantines.

« Merci, Niel, merci, Tom, disait-il souvent lorsqu'ils le soulevaient pour lui faire prendre place dans son fauteuil. J'apprécie hautement tout ce calme. » Que vienne un jour où ils estimaient ne pas pouvoir l'emmener dehors, et il s'en montrait triste et déçu.

« Autant le sortir quand même, sans se soucier du reste, disait Mme Forrester. Il aime bien admirer sa propriété. Son cigare et cela sont les derniers plaisirs qui lui restent. »

Lorsqu'elle se fut reposée et qu'elle eut retrouvé son assurance, elle reprit sa place à la cuisine et Black Tom retourna chez le Juge.

Le soir, lorsqu'il était seul, que Mme Forrester était montée se coucher et que le Capitaine se reposait tranquillement, Niel trouvait une sorte de bonheur solennel à ses veilles. Il lui avait été difficile de renoncer à cette année ; la plupart de ses condisciples étaient plus jeunes que lui. Tout cela lui avait coûté, mais maintenant qu'il avait fait le pas, il en était satisfait. Au cours de ses gardes nocturnes, passant d'un fauteuil à l'autre, à lire, fumer, manger un morceau pour ne pas succomber au sommeil, il éprouvait la satisfaction de ceux qui gardent la foi. Il aimait à se trouver seul en compagnie de toutes ces vieilles choses qui lui avaient paru si belles étant enfant. Ces fauteuils étaient toujours les plus confortables qui fussent et nulle image n'aurait jamais l'attrait qu'avaient pour lui « La Chapelle de Guillaume Tell » et « La Maison du Poète Tragique ». Nulle table à cartes ne convenait si bien aux réussites que celle-ci, si ancienne, avec son dessus de pierre, sa mosaïque en forme d'échiquier, qu'un ami du Capitaine lui avait rapportée de Naples. Aucune autre maison ne pouvait occuper la place que celle-ci tenait dans sa vie.

Il avait le temps de songer à une foule de choses, de réfléchir à son propre destin et à celui des vieux amis qui demeuraient ici. Il avait remarqué que souvent, quand Mme Forrester vaquait à ses occupations, le Capitaine lui criait « Maidy, Maidy » et qu'alors, où qu'elle se trouvât dans l'instant mais sans pour autant accourir près de lui, elle lui répondait « Oui, monsieur Forrester » — comme si elle savait que lorsqu'il l'appelait sur ce ton ce n'était pas parce qu'il avait besoin de quoi que ce fût. Peut-être désirait-il savoir si elle était près de lui ; peut-être même aimait-il tout simplement dire son nom et l'entendre lui répondre. Plus Niel passait de temps auprès du Capitaine Forrester, en ces jours ultimes et paisibles de son existence, et plus il avait le sentiment que le Capitaine connaissait sa femme encore mieux qu'elle ne se connaissait elle-même ; et que, la connaissant ainsi, et pour utiliser l'une des expressions qu'il affectionnait, il l'appréciait.

VI

La mort du Capitaine Forrester, qui survint dans les premiers jours de décembre, constitua une nouvelle « digne du télégraphe », la seule nouvelle intéressant l'Etat tout entier que la petite ville démoralisée de Sweet Water eût fournie depuis longtemps. Fleurs et télégrammes affluèrent de l'est comme de l'ouest, mais les circonstances voulurent qu'aucun des amis les plus proches du Capitaine ne pût venir assister à son enterrement. M. Dalzell se trouvait en Californie, le président du chemin de fer de la Burlington voyageait en Europe. Les autres se trouvaient trop loin ou dans un état de santé trop précaire. Le Dr. Dennison et le Juge Pommeroy furent ses deux seuls intimes à tenir les cordons du poële.

Le matin de ses funérailles, alors que le Capitaine reposait déjà dans son cercueil et que le croque-mort se trouvait au salon à installer des chaises, Niel entendit frapper à la porte de la cuisine. Il y trouva Adolph Blum, chargé d'une énorme boîte blanche.

« Niel, dit-il, tu voudras bien donner ceci à madame Forrester, et lui dire que c'est de ma part et de celle de Rhein, que c'est pour le Capitaine ? »

Adolph portait ses vieux vêtements de travail, les seuls, sans doute, qu'il possédât, un cache-col tricoté autour du cou. Niel, sachant qu'il ne viendrait pas à l'enterrement, lui dit :

« Tu ne veux pas entrer le voir, 'Dolph ? Il n'est pas du tout changé. »

Adolph hésita mais, apercevant l'employé des pompes funèbres à travers la baie du salon, lui répondit : « Non, merci Niel », enfonça ses mains rougies dans les poches de sa veste et s'en fut.

Niel sortit les fleurs de leur boîte, une grande brassée de roses jaunes qui avait dû coûter au jeune homme plus d'un lapin mort. Il les emporta à l'étage, où Mme Forrester se trouvait étendue.

« Ce sont les frères Blum qui les envoient, dit-il. Adolph vient de les apporter à la porte de la cuisine. »

Mme Forrester les regarda, puis détourna sa tête sur l'oreiller, les lèvres tremblantes. Ce fut la seule fois, ce jour-là, qu'il vit ses traits pâles se décomposer.

Il vint beaucoup de monde à l'enterrement. De vieux colons, des fermiers âgés arrivèrent de tout le comté pour accompagner la dépouille du pionnier jusqu'à sa tombe. Alors que Niel et son oncle s'en revenaient en voiture du cimetière avec Mme Forrester, elle parla pour la première fois depuis qu'ils avaient quitté la maison. « Monsieur le Juge, dit-elle doucement, je crois que je vais faire prendre le cadran solaire de monsieur Forrester pour le faire installer sur sa tombe. Je ferai graver l'épitaphe sur le socle. Cela me paraît mieux convenir qu'une pierre tombale quelconque. Et puis je planterai quelques-uns de ses rosiers à côté. »

Lorsqu'ils arrivèrent à la maison, il était quatre heures et elle insista pour leur offrir le thé. « J'en ai moi-même envie et il vaut mieux que je m'occupe. Attendez-moi dans le salon. Toi, Niel, remets les choses à leur place habituelle, veux-tu ? »

Le jour gris s'obscurcissait et, comme notre trio prenait le thé dans l'arrondi de la baie, de méchantes bourrasques de neige tombaient sur les vastes prairies qui s'étendaient entre la colline et la ville, et le grincement des grands peupliers entourant la maison semblait dire que l'hiver était arrivé.

VII

Un matin d'avril, Niel se trouvait seul à l'étude. Son oncle souffrait depuis longtemps maintenant de fièvre rhumatismale, et, depuis lors, il veillait à l'expédition des affaires courantes.

La porte s'ouvrit et une silhouette vint s'y découper, qu'il ne reconnaissait point, bien qu'elle ne lui fût pas étrangère ; il lui fallut réfléchir un instant avant de se rendre compte qu'il s'agissait d'Orville Ogden qui, jadis, venait si souvent à Sweet Water mais que personne n'y avait vu depuis plusieurs années. Il ne semblait pas avoir le moins du monde vieilli ; un œil clair, toujours, et direct, l'autre comme ennuagé et torve. Il portait toujours la même raide impériale, la même moustache retroussée, de la couleur d'une cire d'abeille ancienne, et ses cheveux clairsemés étaient héroïquement rabattus sur sa calvitie.

« Vous êtes bien le neveu du Juge Pommeroy,

n'est-ce pas ? Je ne me rappelle plus votre nom, mon garçon, mais je me souviens de vous. Le Juge serait-il sorti ? »

« Asseyez-vous, monsieur Ogden, je vous en prie. Mon oncle est souffrant. Cela fait plusieurs mois qu'il n'est pas venu au bureau. Il a vraiment été très mal en point. Puis-je faire quelque chose pour vous ? »

« Ah, je suis bien triste de l'apprendre ! Désolé, vraiment. »

Sa voix semblait indiquer que tel était bien le cas. « Évidemment, nous autres, les anciens, nous ne rajeunissons guère, que cela nous plaise ou non. La différence est devenue sensible du jour où Daniel Forrester nous a quittés. » M. Ogden se débarrassa de son pardessus, posa son chapeau et ses gants avec soin sur le bureau ; il semblait vaguement désemparé. « Et votre oncle, que lui arrive-t-il donc ? » demanda-t-il soudain.

Niel le lui dit. « Je devais retourner faire mes études cet hiver, mais mon oncle m'a supplié de rester pour m'occuper des affaires à sa place. Il ne trouvait personne ici à qui il eût envie de les confier. »

« Je vois, je vois, dit M. Ogden d'un ton pensif. C'est donc vous qui vous occupez de ses affaires pour le moment ? » Il fit une pause, songeur. « Eh bien oui, il y avait quelque chose dont j'aurais aimé m'entretenir avec lui. Je ne suis ici que pour quelques heures, entre deux trains. Je pourrais aussi bien vous en parler, vous pourriez solliciter l'avis de votre oncle sur la question et m'écrire à Chicago. C'est une affaire confidentielle, qui touche quelqu'un d'autre que moi. »

Niel l'assura de sa discrétion en la matière, mais M. Ogden semblait éprouver quelque difficulté à aborder le sujet. L'air très grave, il alluma lentement un cigare.

« Il s'agit tout simplement, finit-il par dire, d'une suggestion passablement délicate que j'aimerais faire à votre oncle au sujet de l'une de ses clientes. J'ai plusieurs amis qui sont en ce moment au gouvernement, à Washington, des amis prêts à tout faire pour me rendre service. Je me disais que nous pourrions peut-être nous débrouiller pour obtenir que la pension de madame Forrester soit, à titre exceptionnel, augmentée. Je dois me rendre à Chicago cette semaine et, quand j'en aurai terminé avec les affaires qui m'amènent là-bas, c'est volontiers que je pousserais jusqu'à Washington voir ce que l'on pourrait faire ; sous réserve, bien sûr, que personne, et surtout pas la cliente de votre oncle, ne soit au courant de mes démarches. »

Niel rougit. « Je suis désolé, monsieur Ogden, parvint-il à dire, mais madame Forrester n'est plus cliente de mon oncle. Après la mort du Capitaine, elle a jugé bon de lui retirer la garde de ses intérêts. »

Le bon œil de M. Ogden se fit aussi inexpressif que l'autre.

« Comment cela ? Il n'est plus son homme d'affaires ? Mais enfin, pendant vingt ans.... »

« Je sais, Monsieur, je sais. Elle n'a guère fait preuve de considération à son égard. Elle a trouvé quelqu'un d'autre pour veiller à ses intérêts, de façon, je dois le dire, assez abrupte. »

« Et au bénéfice de qui, s'il m'est permis de vous poser la question ? »

« Un homme de loi de cette ville, un certain Pierre Loison. »

« Loison ? Jamais entendu parler. »

« Non, cela ne m'étonne guère. Il n'était pas de ceux qui allaient chez les Forrester dans le temps. Il appartient à la jeune génération, il a quelques années de plus que moi. Il a loué une partie des terres des Forrester plusieurs années durant, avant la mort du Capitaine ; il a été leur métayer. C'est ainsi que madame Forrester a fait sa connaissance. Elle le juge bon homme d'affaires. »

M. Ogden fronça les sourcils. « Et c'est vrai ? »

« Certaines personnes le pensent. »

« Peut-on lui faire confiance ? »

« Non, loin s'en faut. Il se charge des affaires dont personne ne veut. Peut-être se comporte-t-il de façon honnête envers madame Forrester. Mais si tel est le cas, ce n'est pas par principe. »

« Voilà des nouvelles bien inquiétantes, en vérité. Allons, mon garçon, continuez votre travail. Il faut que je réfléchisse à tout cela. »

M. Ogden se leva et se mit à arpenter la pièce, les mains nouées dans le dos. Niel reprit la lettre inachevée qui se trouvait sur son bureau, afin que son visiteur pût se sentir plus libre.

La situation dans laquelle se trouvait M. Ogden, il le comprenait, n'était pas des plus simples. Il avait été tout dévoué à Mme Forrester et, avant que Constance ne se décidât à épouser Frank Ellinger, que mère et fille ne s'en fussent mises en chasse, M. Ogden était venu rendre visite aux Forrester plus fréquemment qu'aucun autre de leurs amis de Denver. Il n'était jamais revenu, pensait Niel, depuis la fête de Noël à laquelle il avait assisté en compagnie de sa famille et d'Ellinger. Peu de temps après, il avait dû s'apercevoir de ce que complotaient ses femmes ; et qu'il les eût ou non approuvées, il avait dû se dire qu'il n'avait d'autre solution que de ne s'en point mêler. Ce n'avait pas été les revers de fortune des Forrester qui l'avaient tenu éloigné d'eux. On voyait bien qu'il était rongé d'une réelle inquiétude, que cette femme lui procurait de véritables et lourds soucis.

Niel avait achevé sa lettre et en entamait une nouvelle lorsque M. Ogden s'arrêta près de son bureau et demeura là à tortiller son impériale de façon de plus en plus serrée. « Et vous me dites que ce jeune homme de loi n'a pas de principes ? Les canailles, parfois, ont à l'égard des femmes une certaine tendresse, un peu de sentiment. »

Le regard de Niel devint fixe. Il songea immédiatement aux fossettes de Pierre.

« De la tendresse ? Du sentiment, me dites-vous ? Monsieur Ogden, allez le voir à son bureau, je vous en prie. Le premier coup d'œil vous convaincra. »

« Oh, ce n'est pas nécessaire ! Je comprends. » Il regarda par la fenêtre d'où il apercevait à peine le sommet des arbres du petit bois des Forrester, et murmura : « Malheureuse dame ! Si mal conseillée. Il lui faudrait prendre l'avis de certains amis de Daniel. » Il sortit sa montre, la consulta, l'esprit occupé à quelque pensée. Son train partait dans une heure, dit-il. On ne pouvait rien faire pour l'instant. Au bout de quelques instants, il quitta le bureau.

Plus tard, Niel se sentit convaincu qu'alors que M. Ogden était resté là, indécis, sa montre à la main, il avait envisagé d'aller parler à Mme Forrester. Il avait eu envie d'aller la voir et il en avait abandonné l'idée. Avait-il peur de ce que lui en eussent dit ses femmes ? Ou bien s'agissait-il d'une lâcheté tout autre, de la crainte de voir s'enfuir un souvenir agréable, de la trouver changée et comme gâtée, de la peur de voir quelque chose jeter une lumière crue sur le passé pour en chasser le merveilleux ? Niel avait entendu son oncle dire que M. Ogden admirait les jolies femmes, bien qu'il en eût épousé une laide, et que, à sa façon à lui, avec une sincérité profonde mais sans jamais s'engager trop avant, c'était un homme d'une parfaite galanterie. Peut-être, l'y eût-on le moins du monde encouragé, serait-il allé voir Mme Forrester et l'aurait-il alors aidée. Qu'il n'eût rien fait pour qu'il en fût ainsi fit comprendre à Niel à quel point ses propres sentiments envers cette dame avaient pu changer.

C'était Mme Forrester elle-même qui avait changé. Depuis la mort de son mari, elle semblait être devenue une autre femme. Des années durant, Niel et son oncle, les Dalzell et tous ses amis avaient cru que la présence du Capitaine pesait à sa femme ; que les soucis qu'il lui causait la vidaient, l'éteignaient, l'empêchaient de réaliser tout ce qu'elle avait en elle de potentialités. Mais, lui parti, elle était comme un navire sans quille, emporté ça et là par les hasards du vent. Elle était versatile et perverse. Elle semblait avoir perdu toute capacité à faire la part des choses, ce pouvoir qu'elle avait de faire comprendre à chacun où était sa place, sans effort, et toujours avec grâce.

Pierre Loison se trouvait dans le Wyoming quand le Capitaine avait eu son attaque et qu'il était mort, requis là-bas par un télégramme lui annonçant que l'on avait découvert du pétrole aux abords de terres qu'il possédait. Il revint néanmoins peu de temps après l'enterrement du Capitaine et on le vit plus que jamais dans les parages de la propriété des Forrester. Comme il était impossible de travailler dans les champs cet hiver-là, il s'était amusé à démolir la vieille grange après ses heures de bureau. Il n'était pas rare alors de tomber sur lui, assis sur la véranda à fumer son cigare, comme si c'était lui le maître des lieux. Il y passait souvent la soirée, à jouer aux cartes avec Mme Forrester ou à parler de ses projets. Il n'avait pas encore fait fortune, mais ce n'était qu'une question de temps. Il lui arrivait parfois d'emmener un ou deux de ses amis, des gars de la ville, dîner chez Mme Forrester. Les mères et les amies de cœur de ces garçons en étaient hautement scandalisées. « La v'là maintenant qui chasse les jeunes, dit la mère d'Ed Elliott. E' r'tombe en enfance. »

Niel, un beau jour, eut enfin une conversation franche avec Mme Forrester. Il lui dit que les gens parlaient beaucoup de la présence abusive de Pierre auprès d'elle. Il en avait entendu parler jusque dans la rue.

« Mais je me fiche de ce qu'ils peuvent dire. Ils n'ont jamais cessé de parler de moi, et ils le feront toujours. Monsieur Loison est mon homme d'affaires et mon métayer ; il faut bien que je le voie et ce n'est certainement pas moi qui vais aller à son bureau. Je ne peux tout de même pas passer toutes mes soirées seule à tricoter dans un fauteuil. Si tu venais plus souvent que tu ne le fais, les gens en parleraient aussi. Tu es encore plus jeune que Pierre, et tu es plus joli garçon ! Cela ne t'est jamais venu à l'esprit peut-être ? »

« J'aimerais autant que vous ne me parliez pas ainsi, dit-il avec froideur. Madame Forrester, pourquoi ne partez-vous pas d'ici, pourquoi n'allez-vous pas en Californie, retrouver des gens qui sont comme vous ? Vous savez très bien que cette ville ne vous convient pas. »

« C'est bien mon intention, dès que je serai parvenue à vendre cette maison. C'est tout ce que possède, et si je la loue, elle va s'abîmer et je ne pourrai plus la vendre aussi bien. C'est pour cela que Pierre vient si souvent ici ; il s'efforce de rendre les lieux présentables : il démolit cette vieille grange qui défigurait tout, il remplace les planches pourries de la véranda. L'été prochain, je vais repeindre la maison. Parce que si je ne l'entretiens pas, je n'en tirerai jamais le prix que j'en veux. » Elle parlait avec nervosité, son air sérieux était forcé, comme si elle tentait de se convaincre elle-même.

« Et combien en demandez-vous pour l'instant, madame Forrester ? »

« Vingt mille dollars. »

« Jamais vous ne les obtiendrez. Du moins, pas avant que les choses aient beaucoup changé. »

« C'est ce que m'a dit ton oncle. Il a refusé d'essayer de la vendre au-dessus de douze mille. C'est la raison pour laquelle j'ai dû me résoudre à la confier à quelqu'un d'autre. Les choses ont bien changé, mais il ne s'en rend pas compte. Monsieur Forrester lui-même m'a dit qu'elle vaudrait cela. Pierre dit qu'il peut m'en obtenir vingt mille, que sinon il m'en débarrassera dès que ses investissements commenceront à lui rapporter. »

« Et en attendant, vous gaspillez des années entières de votre vie ici. »

« Pas vraiment. » Elle le regarda, s'efforçant de le convaincre de sa bonne foi. « Je me repose d'une longue période éprouvante. Et pendant que j'attends, je me fais de nouveaux amis parmi les jeunes, les gens qui ont ton âge, ou qui sont un peu plus jeunes. Il y a longtemps que j'ai envie de faire quelque chose pour les jeunes de cette ville, mais j'avais les mains trop occupées. Je déteste les voir grandir ainsi, comme des sauvages, alors qu'il suffirait qu'ils puissent être accueillis dans une maison civilisée, et qu'une femme leur donne quelques conseils. On ne leur a jamais donné leur chance. Tu ne serais pas le garçon que tu es si tu n'étais jamais allé à Boston, et puis tu as toujours eu des aînés, tes amis, qui avaient connu des jours meilleurs. Et si tu avais grandi dans les conditions d'Ed Elliott ou de Joe Simpson, que crois-tu qu'il te serait arrivé ? »

« Je me flatte de croire que je ne serais pas exactement comme eux, si tel avait été le cas ! Au demeurant, il est inutile d'en parler si vous y avez déjà réfléchi et que votre décision est prise. La seule raison pour laquelle je m'en suis ouvert à vous est que je pensais que vous ne vous

VIII

Un matin, alors qu'une chaude brise de mai soulevait des tourbillons de poussière dans la rue, Mme Forrester entra un sourire aux lèvres dans le bureau du Juge Pommeroy, un chapeau neuf et printanier sur la tête, sur les épaules une courte étole de velours noir nouée autour du cou par un bouquet de violettes. « Aie, je te prie, la gentillesse de remarquer mes habits neufs, Niel, lui dit-elle, enjôleuse. Ce sont les premiers que je porte depuis des années et des années. »

Il lui dit les trouver très jolis.

« Mais n'es-tu pas ravi que j'en possède enfin ? s'enquit-elle en lui souriant sous sa voilette. Je sens que tu ne vas pas être fâché contre moi ce matin et que tu vas faire ce que je te demande. Rien de bien embêtant d'ailleurs. Je voudrais que tu viennes dîner vendredi soir. Avec toi nous serions huit, en comptant Annie Loison. Rien que des jeunes gens, tu vois, et si tu ne les aimes guère, tu devrais ! Oui, parfaitement, tu le devrais bien ! ajouta-t-elle avec un hochement de menton sévère. Puisque ce que disent les gens ne te laisse pas insensible, Niel, ne crains-tu pas que l'on dise de toi que tu es snob, sous prétexte que tu es allé à Boston et que tu es un peu sorti dans le monde ? Tu ne devrais pas être si raide, si... te donner de si grands airs ! Cela ne te va guère, à ton âge. » Elle abaissa les sourcils en une grimace scrutatrice si pareille à la sienne qu'il ne put qu'en rire. Il avait presque oublié combien elle était douée pour les imitations.

« Pourquoi voulez-vous donc que je vienne ? Dans le temps vous ne cessiez de répéter que cela ne servait à rien d'inviter des gens peu sociables. »

« Tu es parfaitement capable de l'être quand tu t'en donnes la peine. Et tu vas le faire cette fois-ci, pour me faire plaisir, n'est-ce pas ? »

Quand elle fut partie, Niel se sentit furieux contre lui-même de s'être ainsi laissé convaincre.

Le vendredi soir, il fut le dernier invité à arriver. C'était une nuit tiède, suivant une journée torride. Les fenêtres étaient ouvertes, et le parfum des lilas pénétrait dans le salon enténébré où les jeunes gens étaient installés dans des fauteuils apparemment trop grands pour eux. Une lampe était allumée dans la salle à manger ; Pierre Loison s'y trouvait, près de la desserte, occupé à préparer des cocktails. Sa soeur Annie était à la cuisine, prêtant main forte à l'hôtesse.

Mme Forrester vint un instant accueillir Niel avant de s'excuser et de rejoindre Annie Loison à la hâte. Par la porte ouverte, il vit que les assiettes d'argent avaient refait leur apparition sur la table du dîner, ainsi que les candélabres et les vases de fleurs. Les jeunes gens qui étaient assis ça et là dans la pénombre ne se seraient pas aperçus de la différence, songea-t-il, si elle avait ce matin-là disposé sur la table une quelconque ferblanterie achetée chez Wernz. L'idée qu'ils se faisaient d'un très beau service de table était qu'il fût «peint à la main» par l'une de leurs soeurs ou de leurs petites amies. Chacun d'entre eux était assis jambes croisées, la chaussure brun clair qu'ils balançaient sur leur genou dévoilant une chaussette en soie de même teinte. Ils parlaient habits; Joe Simpson, qui venait d'hériter du commerce de confection de son père, était impatient de leur dire à quoi allait ressembler la mode d'été.

Pierre Loison entra, secouant ses cocktails. «Les gars, à vous entendre on dirait des filles — à tout le temps causer comme ça de ce que vous allez mettre et de la façon que vous allez dépenser vos sous. Simpson mettrait un sacré bout de temps à devenir riche si vous portiez tous vos frusques aussi longtemps que je mets les miennes. Quand c'est que je l'ai acheté, ce costume, Joe ?»

«Bah, l'année que j'ai fini l'école, je crois bien !»

Tous se moquèrent de Pierre. Quoi qu'il fît ou dît, il les faisait toujours rire, comme s'ils reconnaissaient par là qu'il avait réussi dans la vie.

Mme Forrester revint, s'éventant à l'aide d'un petit éventail en bois de santal, et lorsqu'elle fit son entrée, tous se levèrent, comme alarmés, eût-on dit, par la soudaineté de son apparition. Du moins était-elle parvenue à leur apprendre cela.

« Vos cocktails sont-ils prêts, Pierre ? Il va falloir que vous attendiez un peu que j'aille me repoudrer le nez. Si j'avais su la chaleur qu'il allait faire ce soir, je crois bien que je ne vous aurais pas préparé un rôti. J'ai encore plus chaud que mes canards. Vous pouvez tout de même les servir. Je n'en ai pas pour longtemps. »

Elle disparut dans sa chambre, et les jeunes gens se rassirent avec la même étonnante promptitude. Pierre Loison fit circuler le plateau et tous gardèrent leur verre à la main, attendant le retour de Mme Forrester. Quand elle revint, elle pris le bras de Niel et l'accompagna dans la salle à manger. « As-tu remarqué, lui murmura-t-elle, la façon dont ils tiennent leur verre ? Mais que peuvent-ils donc faire d'un simple petit verre pour lui donner un aspect aussi vulgaire ? Personne ne leur apprendra jamais à en prendre un pour y boire, serait-il empli de thé ! »

Puis, à voix haute, cette fois : « Niel, veux-tu allumer les chandelles, s'il te plaît ? Tu t'asseoiras en bout de table, si tu veux bien. Sais-tu découper le canard ? »

« Pas si bien... Pas si bien que mon oncle », murmura-t-il, en remettant en place avec soin l'abat-jour d'un candélabre.

« Ni si bien que monsieur Forrester ? Je ne t'en demande pas tant. Plus personne ne sait découper comme les hommes savaient le faire autrefois. Mais tu vas bien arriver à les dépecer, non ? À ta droite, c'est la place d'Annie Loison. Je lui ai demandé de nous apporter le dîner. Asseyez-vous, messieurs, je vous en prie ! » ajouta-t-elle avec une petite révérence moqueuse qui fit osciller ses boucles d'oreille.

Pendant que Niel découpait les canards, Annie se glissa à la place voisine de la sienne, le cramoisi naturel de ses joues accentué par la chaleur du four. Elle était de plusieurs années plus jeune que son frère, à qui elle obéissait en tout sans poser de questions. Elle avait un teint épouvantable, des cheveux blond filasse aux éclats blancs, de la couleur exacte du caramel de mélasse que l'on a étiré jusqu'à ce qu'il en brille. Elle n'ouvrit pas une seule fois la bouche de tout le dîner, sauf pour dire « Merci » ou « Non merci. » À l'exception de Mme Forrester, nul ne parla beaucoup jusqu'à ce que les premiers morceaux de canard eussent été consommés. Ces jeunes gens n'avaient pas encore appris à faire deux choses en même temps. Ils ne s'interrompaient que pour demander à leur hôtesse si « elle en voulait de la gelée » ou pour répondre à ses questions.

Niel observa Mme Forrester entre les candélabres, alors qu'elle encourageait l'un ou l'autre d'un signe de tête, essayant de « les faire sortir de leur coquille », riait des histoires grasses de Roy Jones ou félicitait Joe Simpson de sa respectabilité toute neuve d'homme d'affaires installé à son compte. Les longs pendentifs se balançaient sur ses joues délicates que n'arrangeaient guère, se dit-il, le rouge qu'elle y avait mis lorsqu'elle était montée dans sa chambre juste avant le dîner. Le fard seyait à certaines femmes, mais elle n'était pas de celles-là, du moins pas ce soir, alors que la fatigue lui creusait les yeux ; elle avait l'air le plus pincé et le plus las qu'il lui eût jamais vu. Il soupira en songeant au travail que représentait la préparation d'un semblable dîner pour huit personnes ; de plus, un beefsteak aux pommes de terre eût mieux fait son affaire ! Pourquoi agissait-elle de la sorte ? Qu'en penserait-elle ce soir au moment de s'écrouler sur son lit morte d'épuisement, après le départ de ces jeunes imbéciles, une fois que leurs chaussures jaunes leur auraient fait redescendre la colline ?

Elle ne mangeait rien, utilisant l'essentiel de sa vitalité à électriser ces lourdauds pour les faire parler. Niel se sentit obligé de lui venir en aide, ou du moins d'essayer. Il s'adressa à tous à tour de rôle, d'une voie énergique et décidée ; il essaya le baseball, la politique, les scandales, la récolte de maïs. Ils lui répondirent par monosyllabes ou de simples exclamations. Il se rendit bientôt compte qu'ils n'avaient aucune envie d'entendre ses commentaires polis ; ce qu'ils voulaient, c'était encore du canard, et qu'on les laissât en tête-à-tête avec leur assiette.

En tout état de cause, le dîner s'acheva bientôt. Les efforts déployés par l'hôtesse pour le prolonger furent vains. Salade et bombe glacée furent expédiées avec la même célérité que le rôti. Les invités passèrent au salon et allumèrent des cigares.

Mme Forrester nourrissait l'idée un peu vieux jeu qu'il fallait laisser les hommes entre eux après dîner. Elle ne les rejoignit point avant qu'une demi-heure ne se fût écoulée. Peut-être était-elle allée s'étendre à l'étage, car elle semblait un peu reposée. Les jeunes gens étaient maintenant plongés dans une discussion tournant autour du projet qu'avait Ed Elliott de partir camper dans les montagnes. Ils lui prodiguaient leurs conseils sur l'équipement nécessaire, les mouches à truite, les mixtures qui éloignaient les insectes.

« Laissez-moi vous dire une chose, les garçons, dit Mme Forrester après les avoir quelque temps écoutés ; quand je retournerai en Californie, j'ai l'intention de m'acheter une petite maison pour passer l'été dans les Sierras, et vous êtes tous invités à venir m'y voir. Il faudra que vous méritiez votre gîte et votre couvert; comprenez-moi bien : couper du bois, aller chercher de l'eau, laver les gamelles et les casseroles et aller me pêcher le poisson du petit déjeuner. Pierre n'aura qu'à apporter son fusil et nous tirer du gibier ; moi, je ferai cuire du pain dans une marmite en fer, comme faisaient les trappeurs dans le temps ; si je n'ai pas oublié comment l'on s'y prend, évidemment. Vous viendrez ? »

« Et comment qu'on viendra ! Vous les connaissez comme votre poche ces montagnes, je parie ? » dit Ed Elliott.

Souriant, elle secoua la tête. « Il faudrait toute une vie pour ça, Ed, plus d'une vie même. Ah, les Sierras, on n'en voit jamais la fin, et elles sont magnifiques. »

Niel se tourna vers elle : « Avez-vous jamais raconté à ces garçons que c'est dans ces montagnes, là-bas, que vous avez rencontré le Capitaine Forrester pour la première fois ? S'ils n'ont jamais entendu cette histoire, je crois qu'il leur serait agréable de la connaître. »

« Vraiment, cela vous plairait ? Eh bien, une fois, il y a bien longtemps, alors que j'étais une toute jeune fille, je passais l'été dans un camp de montagnes, avec des amis de mon père. »

C'est ainsi qu'elle commença. Mais tel n'était pas le vrai début de l'histoire ; jadis, Niel avait entendu son oncle dire que tout avait commencé par un scandale et par un meurtre. Quand Marian Ormsby avait dix-neuf ans, elle avait été fiancée à Ned Montgomery, jeune millionnaire extravagant de la Côte d'Or[1]. Quelques semaines avant la date à laquelle devait avoir lieu leur mariage, Montgomery avait été tué à coups de revolver dans le hall d'un hôtel de San Francisco par l'époux d'une autre femme. Le procès qui s'en était suivi avait donné lieu à de larges échos dans la presse et on s'était empressé de soustraire Marian aux yeux des curieux en l'envoyant dans les montagnes, le temps que l'affaire se calmât.

Ce soir, Mme Forrester entama son histoire sur le mode du « Il était une fois ». Assise à une extrémité du grand divan, ses pantoufles posées sur un tabouret, la tête noyée dans l'ombre, tout en parlant, elle agitait l'air en maniant devant son visage son éventail en bois de santal, faisant étinceler les bagues qui ornaient ses doigts blancs. Elle leur raconta que le Capitaine Forrester, alors veuf, était monté au camp rendre visite à l'associé de son père. C'est à peine si elle l'avait remarqué, partant chaque jour se promener en compagnie des autres jeunes gens. Un après-midi, elle avait convaincu le jeune Fred Harney, montagnard intrépide, de lui faire descendre la falaise de l'Aigle. Ils étaient presque rendus en bas, et progressaient lentement sur un surplomb, lorsque la corde se rompit et qu'ils churent en contrebas. Harney tomba sur les rochers et fut tué sur le coup. La jeune fille s'était prise dans un pin qui

1. Quartier résidentiel de Chicago. (N.d.T.)

avait enrayé sa chute. Elle avait les deux jambes brisées et elle était demeurée étendue dans le canyon toute la nuit, par un froid rude, balayée par un courant d'air glacial qui s'engouffrait dans la gorge. Personne, au camp, ne savait où aller à la recherche des deux membres manquants de l'équipe car ils étaient partis en catimini pour cette déraisonnable aventure. Nul ne se faisait le moindre souci, Harney connaissant toutes les pistes et ne pouvant véritablement se perdre. Le matin venu, pourtant, comme ils n'étaient toujours pas revenus, plusieurs groupes s'en furent à leur recherche. C'est le groupe à la tête duquel se trouvait le Capitaine Forrester qui avait retrouvé Marian et l'avait ramenée par la piste qui serpentait en contrebas. La piste était si profonde et si étroite, les virages qui contournaient les entablements si aigus, qu'il s'était révélé impossible de la ramener sur une civière. Les hommes s'étaient relayés pour la porter, serrant le dos à la muraille en avançant à pas comptés. Ses jambes brisées pendaient et elle souffrait horriblement, s'évanouissant à intervalles répétés. Mais elle avait remarqué qu'elle souffrait moins lorsque c'était le Capitaine Forrester qui la portait et qu'il se chargeait d'elle sur les tronçons les plus dangereux de la piste. « Je sentais battre son cœur et ses muscles se tendre, dit-elle, quand il franchissait les rochers en équilibre. Je savais que si nous devions tomber, nous tomberions ensemble, que jamais il ne me lâcherait. »

Ils rentrèrent au camp, et firent pour elle tout ce qui était en leur pouvoir, mais lorsqu'on parvint enfin à faire monter un chirurgien de San Francisco, ses fractures avaient commencé de se resouder et il avait fallu lui casser les jambes à nouveau.

« C'est le Capitaine Forrester que je voulais pour me tenir la main pendant que le chirurgien me faisait ce qu'il avait à faire. Tu te rappelles, Niel, il se vantait toujours que je n'eusse pas crié pendant qu'ils me ramenaient par la piste. Il est resté au camp jusqu'à ce que je recommence à marcher, en m'appuyant sur son bras. Quand il m'a demandé de l'épouser, il n'a pas eu à me le demander deux fois. Ça vous étonne ? » Elle parcourut le cercle de ses hôtes un sourire sur les lèvres, et se passa d'un air distrait le bout des doigts sur le front comme pour en faire partir quelque chose — le passé, le présent, qui aurait pu le dire ?

Les jeunes gens étaient sincèrement émus. Pendant qu'elle répondait à leurs questions, Niel se remémora la première fois qu'il l'avait entendue raconter cette histoire : M. Dalzell s'était arrêté chez elle avec un groupe d'amis de Chicago ; Marshall Field[1] et le président de la Union Pacific étaient du nombre, il se le rappelait, et, voyageant dans la voiture particulière de

1. Fondateur d'un des plus grands magasins de Chicago. (N.d.T.)

M. Dalzell, ils étaient en route pour une partie de chasse dans les Collines Noires. Tout bien considéré, elle n'avait pas tellement changé depuis lors. Niel eut le sentiment que, même en ce moment précis, l'homme de la situation aurait pu la sauver. Elle était toujours égale à elle-même, indomptable, et jouait son éternel rôle, mais seuls des machinistes demeuraient pour l'entendre. Tous ceux qui avaient partagé les plus belles entreprises et connu les plus splendides moments s'en étaient allés.

IX

Au fil des mois d'été, la santé du Juge Pommeroy s'améliora et, dès qu'il put reprendre le chemin de son bureau, Niel se prépara à retourner à Boston. Il devait y arriver le 1er août et se mettre au travail sous la direction d'un précepteur pour compenser les mois perdus. Ce fut pour lui une période mélancolique. Impatient de partir, et tout fiévreux, il avait néanmoins le sentiment qu'il s'en allait cette fois pour de bon, qu'il coupait définitivement ses liens avec tout ce qui lui avait été cher durant son enfance. Les gens, la région elle-même changeaient si vite qu'il ne retrouverait rien en rentrant qui ressemblât à ce qu'il avait quitté.

Il avait été le témoin de la fin d'une époque, du couchant des pionniers. Il y était entré au moment où, déjà, ses plus beaux feux s'éteignaient. C'est ainsi qu'au temps des bisons, le voyageur découvrait les cendres du feu d'un chasseur sur la prairie, après que le chasseur lui-même eut quitté les lieux ; à coups de talons, on avait éteint les braises, mais le sol était encore tiède, et l'herbe couchée là où il avait dormi et où son poney avait brouté disait toute l'histoire.

C'étaient les tout derniers moments de cet Ouest qui avait posé les voies ferrées ; les hommes qui avaient passé ce harnais de fer aux plaines et aux montagnes étaient vieux ; certains étaient pauvres, et même ceux qui avaient réussi étaient en quête de repos, tentant d'arracher un bref répit à la mort. C'en était déjà fini de cette époque ; rien ne la ramènerait jamais plus. Son goût, son odeur et ses chants, les visions que ces hommes avaient eues dans le ciel, et qu'ils avaient suivies, tout cela il ne l'avait guère saisi que dans les lueurs déclinantes qui hantaient leurs visages et cela, à tout jamais, demeurerait sien.

C'était cela qu'il reprochait le plus à Mme Forrester, qu'elle n'eût pas la volonté de s'immoler, à l'instar des veuves de ces grands hommes, de mourir avec cette ère des pionniers à laquelle elle appartenait ; qu'elle préférât vivre à tout prix. Pour finir, Niel s'en fut sans lui dire adieu. Il s'en fut portant pour elle au coeur une sorte de mépris las.

Les choses se passèrent ainsi — dénuées même de la dignité véritable d'un épisode. Ce ne fut rien, et pourtant ce fut tout. Allant la voir un soir d'été, il s'arrêta un instant près de la fenêtre de la salle à manger pour regarder le chèvrefeuille. La porte de la salle à manger était ouverte sur la cuisine ; Mme Forrester se tenait là, debout près de la table, à faire de la pâtisserie. Pierre Loison entra par la porte de la cuisine, s'approcha d'elle par-derrière et passa, d'un air de souverain détachement, ses bras autour d'elle, avant de croiser les mains sur ses seins. Elle ne bougea pas, ne leva pas les yeux, continua à rouler sa pâte.

Niel descendit la colline. « Pour la dernière fois, dit-il en passant le pont dans la lumière du soir, pour la dernière fois. » Et il avait raison; jamais il ne remonta plus la route bordée de peupliers. Il lui avait fait don d'une année de sa vie, et elle l'avait jetée au loin. Il avait aidé le Capitaine Forrester à mourir en paix, croyait-il; et c'était maintenant le Capitaine qui paraissait réel. Toutes ces années, il avait pensé que c'était Mme Forrester qui faisait de cette demeure un lieu si différent de tous les autres. Mais depuis la mort du Capitaine, c'était une maison où les vieux amis, comme son oncle, étaient trahis, d'où ils étaient rejetés, où des gens du commun se comportaient comme le veut leur engeance, reconnaissant une femme du commun dès qu'ils en voyaient une.

N'eût-il partagé sa nature avec les épagneuls, se dit-il, jamais il n'y serait retourné, passée la première fois. Il lui avait fallu deux doses pour le guérir. Eh bien, il les avait ingurgitées ! Rien qu'elle pût désormais faire ne le concernerait jamais plus.

Des nouvelles d'elle lui parvinrent de temps à autre, tant que vécut son oncle. *Le nom de Mme Forrester est partout associé à celui de Pierre Loison*, lui écrivait le Juge. *Elle ne semble pas heureuse, et j'ai le sentiment que sa santé décline, mais elle s'est mise dans une situation telle que les amis de son mari ne peuvent pas lui porter secours.*

Ou encore : *S'agissant de Mme Forrester, il n'est de nouvelle qui soit bonne. Elle est brisée, et c'est bien triste.*

Après la mort de son oncle, Niel entendit dire que Pierre Loison avait fini par acheter la demeure des Forrester et qu'il y avait installé sa femme, qu'il avait épousée dans le Wyoming, pour y vivre avec elle. Mme Forrester était partie dans l'Ouest, en Californie supposait-on.

Des années passèrent avant que Niel pût à nouveau penser à elle sans tristesse. Mais pour finir, après qu'elle eut dérivé loin de ses souvenirs, alors qu'il ne savait plus si la veuve de Daniel Forrester était encore ou non de ce monde, la femme de Daniel Forrester revint à sa mémoire, souvenir éclatant, impersonnel.

Il s'estima au bout du compte heureux de l'avoir connue, et qu'elle eût joué un rôle dans son initiation à l'existence. Il a connu de jolies femmes, et d'intelligentes, depuis lors, mais nulle qui lui ressemblât, qui fût pareille à elle à ses plus beaux jours. Ses yeux, lorsque son regard rieur rencontrait quelque temps le vôtre, semblaient promettre un bonheur fou qu'il n'a pas trouvé dans la vie. « Je sais où il est, semblaient-ils dire, je pourrais vous y conduire ! » Il aimerait bien faire resurgir l'ombre de la jeune Mme Forrester, ainsi que la sorcière d'Endor fit resurgir celle de Samuel, et la mettre au défi, exiger qu'elle lui livre le secret d'une pareille ardeur ; lui demander si elle avait vraiment découvert quelque félicité aux bouquets toujours frais, toujours ardents, d'une joie toujours capable de procurer les mêmes transports, ou si tout cela n'était que remarquable comédie. Sans doute n'avait-elle rien découvert de plus qu'une autre ; mais toujours elle avait possédé ce pouvoir qui lui permettait de suggérer des choses infiniment plus délicieuses qu'elle-mêmes, comme le parfum d'une unique fleur parvient à rappeler toute la douceur du printemps.

Niel devait une fois encore entendre parler de sa dame depuis si longtemps perdue. Un soir qu'il entrait dans la salle à manger d'un hôtel de Chicago, un homme aux larges épaules, au visage ouvert, bronzé par le soleil, s'approcha de lui et se présenta comme étant l'un des garçons qui avaient grandi à Sweet Water.

« Je suis Ed Elliott, et je me suis dit que ça devait être toi. On ne pourrait pas dîner ensemble ? J'ai promis à l'une de tes vieilles amies de te transmettre un message si je devais jamais te rencontrer. Tu te souviens de madame Forrester ? Eh bien je l'ai revue, douze ans après qu'elle a eu quitté Sweet Water, là-bas, à Buenos Aires. » Ils s'assirent et commandèrent leur repas.

« Oui, j'étais en Amérique du Sud pour affaires. Je suis ingénieur des mines, j'ai passé quelque temps à Buenos Aires. Un soir, il y a eu un banquet quelconque dans l'un des grands hôtels de la ville, et je me suis trouvé sortir du bar juste au moment où une voiture s'arrêtait devant l'entrée par laquelle entraient les invités. Je n'y ai prêté aucune attention jusqu'à ce qu'une de ces dames se mette à rire. Je l'ai reconnue à son rire — absolument rien de changé à ça. Elle était toute emmitouflée dans des fourrures, un foulard sur la tête, mais j'ai aperçu ses yeux, et là je n'ai plus eu aucun doute. Je me suis approché d'elle et je lui ai parlé. Elle a eu l'air contente de me revoir, elle m'a fait rentrer dans l'hôtel et m'a parlé jusqu'à ce que son mari arrive pour l'embarquer à dîner. Parce que, oui, elle s'était remariée, à un vieil Anglais excentrique; Henry Collins, qu'il s'appelait. Il est né là-bas, m'a-t-elle dit, mais elle l'a rencontré en Californie. Elle m'a dit qu'ils vivaient dans un grand ranch, un élevage de bétail, et qu'ils étaient descendus en ville dans sa voiture pour assister à ce dîner. Je me suis renseigné après coup et j'ai découvert que ce vieux type était un drôle de personnage; marié deux fois avant, dont une fois à une Brésilienne. Les gens m'ont dit qu'il était riche, mais querelleur et plutôt pingre. Elle m'a semblé avoir tout ce qu'il lui fallait, remarque. Ils se déplaçaient dans une belle voiture française et elle avait amené sa bonne avec elle ; lui, avait son valet. Eh bien non, elle n'avait pas tant changé que tu pourrais le croire. Elle était assez maquillée, naturellement, comme la plupart des femmes là-bas ; plein de poudre et aussi un peu de rouge, je suppose. Ses cheveux étaient noirs, plus noirs que je ne me les rappelais ; on aurait dit qu'elle se les était teints. Elle m'a invité à aller les voir dans leur propriété, et son mari aussi quand il est venu la chercher. Elle a demandé des nouvelles de tout le monde et elle m'a dit : "Si vous rencontrez jamais Niel Herbert, transmettez-lui mes affections et dites-lui que je pense souvent à lui." Et puis elle m'a encore dit : "Dites-lui que les choses ont fini par bien se passer pour moi. Monsieur Collins est le plus aimable des époux." J'ai appelé ton bureau à New York en revenant d'Amérique du Sud, mais tu étais je ne sais où en Europe. C'était incroyable de voir cette façon dont elle avait remonté la pente. Elle avait l'air pas mal déglinguée quand elle a quitté Sweet Water. »

« Crois-tu, lui dit Niel, qu'elle puisse encore être en vie ? Je ferais presque le voyage pour aller la voir. »

« Non, elle est morte voilà trois ans. Ça, j'en suis sûr. Après être partie de Sweet Water, je sais pas où elle était, mais elle a toujours, tous les ans, envoyé un chèque au Bureau de l'Armée pour qu'ils fassent mettre des fleurs sur la tombe du Capitaine Forrester le jour de la Fête des Médaillés. Et puis, il y a trois ans, le Bureau a reçu une lettre du vieil Anglais, avec un mandat pour qu'ils s'occupent de la tombe du Capitaine Forrester à l'avenir, *« en souvenir de ma défunte épouse, Marian Forrester Collins »*.

« Alors on peut être sûrs qu'on s'est bien occupé d'elle jusqu'au bout, dit Niel. Dieu en soit remercié ! »

« Je savais que tu aurais cette réaction-là, dit Ed Elliott, une expression de chaleureuse sympathie lui envahissant les traits. J'ai eu la même ! »

Achevé d'imprimer en septembre 1988
sur les presses de l'Imprimerie Bussière
à Saint-Amand-Montrond (Cher)

Dépôt légal : octobre 1988.
N° d'édition : 2147.
N° d'impression : 5787.

Imprimé en France